COSMOS

Eduardo Gismera Tierno

Título original: *Cosmos*

Primera edición: Diciembre 2017

www.editorialkolima.com

Autor: Eduardo Gismera Tierno
Dirección editorial: Marta Prieto Asirón
Maquetación de cubierta: Sergio Santos Palmero
Maquetación: Carolina Hernández Alarcón

ISBN: 978-84-16994-46-5
Depósito legal: M-30787-2017

A José María,
a quien un día pidió su amigo verdadero:
«Save the last dance for me»

«...desapareció un buen día, como un capricho del destino, como una pieza que juega un papel decisivo en la historia, y después, simplemente, queda derrotada por el paso del tiempo».

El rapto de la mariposa, Olga Casado

ÍNDICE

QUINTA PARTE

«El hombre puede trepar a las cumbres más altas, pero no vivir allí mucho tiempo».

GEORGE BERNARD SHAW

SEXTA PARTE

«No eres lo que fuiste, no eres lo que serás; no eres lo que quieres. Eres lo que eres».

ALEJANDRO JODOROWSKY

SÉPTIMA PARTE

«Save the last dance for me».

LEONARD COHEN

PRIMERA PARTE

«La esperanza es el peor de los males, pues prolonga el tormento del hombre».

FRIEDRICH NIETZSCHE

Madrid, verano de 2010

Un rato antes, el viento despertó tras semanas de letargo y, a ráfagas, acercaba un denso aroma a tierra húmeda que convirtió en aún más irrespirable la tarde. Los veranos transcurren lentamente para las personas de mi edad. Nunca creí que fuera a hacerme mayor hasta constatar rendida, transcurridos casi setenta años, formar parte del último tramo del camino. Mi hálito quejumbroso, consecuencia del calor sofocante, no ayudaba a desmentirlo. La ventisca intermitente se mostraba incapaz de barrer el tiempo pasado. Entonces, el silencio que me cobija de antaño se vio sorprendido por el sonido seco, opaco y grave de una gota grande de agua y polvo que topó en el cristal de la puerta alta que daba paso a un diminuto balcón. Tenía baranda negra de hierro labrado y era la atalaya desde la que contemplaba el mundo que me rodeaba. Desde allí, mi ajado cuerpo no llamaba la atención. Como cada tarde, se veía la esquina del Ministerio de Asuntos Exteriores, quieta junto a una porción de firmamento, siempre el mismo. Minutos antes observé la llegada de una nube gris, manto portador de la inesperada sombra mortecina capaz de aliviar la vista y el alma. Cubrió el cielo de acero y mitigó la luz inmisericorde del sol cegador por costumbre a esas horas. Era un día veintiséis.

Sombra y sol me cobijaban, como me envolvía de nuevo el recuerdo del aroma del *sol y sombra* en el que pensaba instantes antes de levantarme a prepararlo. En eso no fue diferente esta tarde de otras, como no lo era la sala que acogía mi vida desde que vestía joven, lustrosa, algo más de mediado el siglo que partió hace tanto. El angosto, largo y oscuro pasillo desembocaba a la izquierda de mi lugar en el mundo. Usaba un sofá de felpa azul y estructura de pino oculta por unos quejicosos muelles como bastidor. Antes, el sentón era alto y duro, y luego bastante más mullido. Los antebrazos destacaban suavizados por sendos cojines y un respaldo abotonado conformaba el reposo de mi incesante conversación interior. También a la izquierda, en diagonal, la sala abría una oquedad en la que aguardaban una mesa y seis sillas de madera de castaño que me regaló ya no sé quién con motivo de mi boda. Más al fondo, presidía el comedor un aparador español de roble de fines del siglo XIX –creo que de cierto valor– con el que mis hijos no arramplaron debido a su tamaño, solo apto para los elevados techos de las casas antiguas. Se trababa de una pieza decorada por doquier con tallas y relieves y un remate con seres mitológicos –nunca supe cuáles– que protegían una corona y encumbraban una balda cubierta con una puerta acristalada en plomo. Bajo esta reposaban dos silentes cajones y un armario flanqueados por dos columnas salomónicas. Sobre trinchero y mesa sobrevolaba en lo alto una lámpara de bronce con seis brazos sin tulipas, bombillas en forma de vela, la mitad fundidas, y varios collares colgantes de cristal con abalorios convertidos en lágrimas. Representaba la añoranza de los tiempos en que iluminaba festejos con mayor o menor boato según el calibre de las posaderas que ocuparan el terciopelo de las sillas y que nunca me hicieron feliz.

Tras décadas de misterioso sigilo, de momentos y momentos transcurridos, aquella tarde sentí, de pronto, el deseo de compartir los errores cometidos desde bien bisoña y que oprimían mi pecho y clamaban por brotar a borbotones. La tenue claridad que llegaba de la Plaza del Marqués de Salamanca era amortiguada por unas cortinas de color turquesa estampadas con hojas doradas que se miraban unas a otras, símbolo del otoño en que vivía, ya viuda antigua. Quizá se diera el caso de que, en verdad, siempre lo hubiera sido aún cuando otrora se me considerara casada. A ambos lados reposaban dos mesitas pequeñas; la de la derecha sostenía un aparato de televisión siempre apagado y lleno de polvo.

A la izquierda habitaba junto a mí aún un carrito-camarera con dos alturas y cuatro ruedas. Las dos más grandes disponían de varios radios y las otras, harto menores, podrían haber servido de guía si es que alguna vez se me hubiese ocurrido moverlas. Desde tiempo inmemorial, permanecía rodeada de botellas que contenían todo tipo de licores, seguramente echados a perder, a excepción de dos frascos, uno con anís y otro, más oscuro, con coñac y tapón de corcho. Se me entregaban cada tarde y me acompañaban, y nos mantenían vivas a ambas. Más a la derecha, yacía una persiana cerrada a cal y canto que jamás abrí por miedo al vértigo que siempre me produjo sin motivo aparente la calle José Ortega y Gasset. Apoyé el antebrazo derecho en uno de los cojines a modo de palanca con ánimo de incorporarme, esquivé la mesa de centro de metacrilato que deslucía el entorno sin lograr provocarme la más mínima preocupación, e inicié pausada el trayecto al otro lado de la estancia. Tropezaba a menudo con el cable de un ordenador portátil, tronera al mundo que un día creí capaz de ingerir sin percatarme de ser yo y mi orgullo los engullidos.

Desde hacía unos meses agarraba con la mano izquierda un bastón de haya con cabeza en forma de pato y contera de desgastada goma negra. Me lo regaló uno de mis hijos cuando aún tenía tiempo de entregar briznas de cariño a su madre. Lo buscaba en los raros paseos por el barrio y en los momentos dedicados al *sol y sombra* de cada tarde. El doctor que me intervino meses atrás de varios achaques en la espalda y que logró desentumecer mi lastrado cuerpo, de modo siquiera provisional se empeñaba en asegurar que no me era en absoluto necesario. Asentí sin contarle que su misión principal era asegurar mi tránsito al licor que saciaba más el alma que el cuerpo. No me lo habría permitido y, puesta a tener que desobedecer de forma voluntaria, preferí guardar silencio. Aquella tarde escancié como de costumbre, primero el coñac. Usaba una copa sin pie, pequeña y rechoncha, de vidrio levemente verdoso. Se adornaba con un botón redondo del mismo cristal. Poseía varias desde los lejanos años sesenta. Fueron más, pero alguna entregó su ser en alguna parte del camino. Tenía por costumbre usar la misma por varios días hasta que, demasiado pegajosa, la sustituía por una de sus hermanas. El anís cayó al encuentro, despacioso, en lenta marea que aclaraba el ocre de a poco y lo convidaba a bailar juntos una espirituosa danza hasta hacerse uno. Contemplé su mecer calmo y percibí el aroma que se elevaba al cielo de lo sublime. El alcohol constituyó desde antaño para muchos la manifestación más perfecta de cobardía, pero yo ya había perdido por entonces ese tipo de prejuicios. Los consideraba más propios de quienes se aferraban a la vida que de aquellos otros que anhelábamos pertenecer al otro barrio. Vivir no era para mí sino una prolongación del sufrimiento que me fue dado por destino. Observé la copa y la profané alzando con mano temblorosa su esencia hasta rozar el labio inferior, mientras fijaba la vista en algún punto y sentía caer lento el calor muy dentro de mí. Noté cómo aliviaba la herida que un día me hice y por la que aún penaba.

Apoyé la sien izquierda en el blanco, tibio y áspero marco de la ventana. Miré abajo, a través del cristal empañado por el cálido aliento que manaba de una boca, la mía, con olor a licor y sabor a melancolía. La plaza se extendía ante mí más vacía que de costumbre. Era surcada tan solo por algún que otro vehículo que despejaba el vendaval a duras penas y se dirigía en prudente retirada, dejando dos efímeras rodadas como recuerdo. También deambulaba algún que otro valiente con paraguas, o sin él, vencido en cualquier caso por el agua airada y tenaz. El asfalto se ocultaba parcialmente bajo el velo que formaron millones de pequeñas salpicaduras ligeramente elevadas. Caían unas tras otras y todas a la vez hasta alcanzar la altura de los bordillos barnizados por una capa líquida y sonora, resultado de miríadas de pequeños impactos contra el suelo.

–Nos han dejado solos –musité despaciosamente a la estatua de don José de Salamanca. Quedaba oculta a mi vista por la fronda de un grupo de pinos, todos en el centro de la plaza que lleva el nombre de mi querido marqués. Él fue el creador del barrio con más solera de Madrid. Falleció en Carabanchel por una de esas ironías con las que la vida nos agasaja de vez en cuando.

Permanecí en estado de hipnosis durante largo rato, abstraída y sin ninguna idea aparente en mi cerebro. Nunca respondía el marqués, como nunca me respondió la vida en la que, tal vez, aún habitaba el único ser al que siempre quise. Un hombre a quien amaría toda la vida y al que anhelaba cada día desde hacía cincuenta y dos años y pico. Miré a través del cristal y respiré lento. Desapareció paulatinamente la imagen de la calle y las gotas que temblaban borrosas sobre mi retina. De la mano de los efluvios de la copa, en cada sorbo inconscientemente fui transportada a otra lejana tarde de lluvia.

Sucedió otro día veintiséis, aquel de marzo, en el que mi destino pudo haber sido de otra forma y que convirtió cada día veintiséis de cada mes en recuerdo eterno de lo sucedido. Desde entonces creo que una vida entera puede aglutinarse en el recuerdo de la pérdida de aliento que, de cuando en cuando, nos ayuda a continuar respirando y que en mi caso me opacaba los pulmones y el alma.

* * *

Era muy temprano, aún de noche, y corría por tierras andaluzas la primavera del año 1964. Mi padre fue guardia civil, a la sazón el de mayor mando del cuartel que habitábamos junto a otras dos familias en La Herradura, un lugar en los confines de Granada. Nací en Roquetas de Mar y luego marchamos a una pequeña aldea cordobesa llamada Luque. A cada ascenso en el escalafón le sucedía una nueva mudanza. Cuando yo contaba ocho años, llegó a casa el nombramiento a jefe de línea y el consiguiente traslado a La Herradura, mi verdadero hogar. Pasé los primeros años de uso de razón en una preciosa bahía, en el cauce medio de su rambla, entre el mar y la montaña salvaje de Cerro Gordo, entre Marina del Este y Los Berengueles, entre la misteriosa playa de El Muerto y la de Cantarriján. Nuestro hogar era un antiguo castillo, un fortín artillado a pie de playa con batería para cuatro cañones en el margen izquierdo del último estertor del río Jate. ¡Cuánto soñé entre su mampostería de piedra y mortero de cal!

Tenía mi casa una batería redondeada que daba al mar y una barbacana en la puerta con foso y puente levadizo. Presidía el patio rectangular un pozo con su brocal y sus piletas. Las ventanas habían sido enlucidas en un tono amarillento, igual que los muros y las aspilleras. Los techos se construyeron abovedados de medio cañón. Sobre ellos la terraza estaba protegida por saeteras para fusilería y por un antepecho desde el que solía mostrarme al mar. Contemplaba, perpleja, su infinitud. A su alrededor las azaleas de flores blancas y rosas daban paso a una amalgama de sabinas, enebros, aulagas, esparragueras, mirtos, escobones, cantuesos, olivillas y palmitos, una danza de aromas y colores entre los que había, recuerdo bien, un lentisco que desprendía un fuerte olor a resina. Solía cobijarme bajo sus ramas para leer a escondidas historias de despiadados piratas y de franceses invasores.

Crecí rápido hasta llegar al día que ahora comparto con el mundo. Contaba entonces con dieciséis años; era apenas una niña dispuesta a convertirse en mujer a bocajarro. Mi hermana, algo mayor, eligió la mesura y, a decir de todos, le fue bien. Ella era el equilibrio y yo la imprudencia; ella la buena estudiante y yo la lectora empedernida y sin fundamento; ella la sensatez y yo el ímpetu. Dos formas distintas e inútiles por igual de tratar de prender el misterio del mundo. La conformista entregaba cierta paz y dejaba jirones de vida en el tintero; la rebelde se ofrecía generosa a cambio de hastío, nostalgia y desazón.

A eso de las cuatro de la madrugada la recia mano de mi padre bamboleó la joven cadera que, en duermevela toda la noche, no tardó en despertar. Ambos llevábamos semanas esperando aquel día. Intuir el frío y la humedad del alba próxima no logró doblegar mi deseo de conocer el mundo del *señorío*, de sentirme una mujer importante por vez primera. Compartía cuarto con mi hermana, así que maniobré con sigilo. Logré a tientas hacerme con el traje confeccionado por mi madre para la ocasión y colgarlo del brazo izquierdo hasta el diminuto cuarto de baño de techo alto, puerta blanca y azulejos levemente azulados. Giré el ruidoso interruptor que cada día alumbraba una bombilla sobre un espejo redondo y chico. Muy nerviosa, haciendo equilibrio me embutí en unas medias oscuras, casi negras. Recogí de encima de un pequeño taburete de madera la falda marrón de lana plisada y grandes líneas de cuadros verdes, a juego con una chaqueta abierta. Luego tomé un jersey de punto verde caqui y una camisa de un beige apenas perceptible provista de un cuello con interminables picos. A su lado, un sombrero tirolés de fieltro tipo cloché, de un lóbrego tono aceituna, se adornaba de un cordón negro en derredor y una pequeña pluma enhiesta en la parte trasera. Casi había logrado introducir, por fin, la segunda de las altísimas botas de cuero negro hasta la rodilla cuando se presentó mi madre dispuesta a confeccionar con mi pelo una trenza negra y larga, tan negra como mis ojos grandes y negros ávidos por deglutir todo a su paso.

Recuerdo también que las dos reímos a hurtadillas al observar la pinta que lucía el hombre al que era complicado reconocer como mi progenitor. Fue muy extraño verlo por primera vez sin el uniforme de la Benemérita del que solo quedaba la corbata perfectamente anudada. La escopeta habitual se había convertido en un flamante rifle, a la vista durante el escaso tiempo que le llevó desayunarse un café bebido, de costumbre su único tentempié hasta la hora del almuerzo a media mañana. El tricornio había mutado en una gorra de cuadros marrones; la casaca, en una chaqueta de pana que le quedaba enorme; los pantalones eran unos ridículos bombachos; por calcetines, llevaba unas medias de lana clarita. Todo aquel atuendo había pertenecido al difunto marido de la adinerada y desagradable lugareña que se ofreció a prestarlo y que, luego de tomada la palabra, dudó a regañadientes. El ridículo cuadro quedó completo por el ademán inquieto con el que movió a un lado la cabeza para señalarme que la marcha era inmediata. Ante nosotros se extendían más de doscientos quilómetros hasta Hornachuelos que recorreríamos en el flamante Citroën «dos caballos», estrenado unos meses atrás y admiración de la comarca. Aún recuerdo que en su matrícula se leía PGC23696. Los faros saltones del vehículo que inició el camino a trompicones ansiaban, como los míos, conocer nuevas tierras. La humedad horadaba los huesos del más pintado. El aroma a salitre invadía el habitáculo que partió con las ventanillas abiertas en su mitad inferior y sujetas arriba con una pinza en un intento de desempañar los cristales. Deseé temerosa que la endeble palanca de cambios situada a la derecha del enorme volante gris no se saliese en una de las entradas y salidas y nos dejase sin el soñado día de montería de alto postín. Evoqué vagamente mi mar y quise despedirme de él antes de partir. Solía visitarlo sola después de la escuela. Me sentaba entre los guijarros de la playa que nos acogió hasta hacernos amigos secretos. El mar de Granada fue mi confidente también en el silencio crepuscular de aquella mañana.

No departimos mucho durante el trayecto. De ser sinceros, no lo hacíamos con frecuencia. Él me explicaba de tanto en tanto quiénes serían algunos de los monteros de los que le habían hablado y a quienes tampoco él conocía. Me dijo cómo debía saludar una señorita de bien, pero resultó evidente que lo decía por decir y que sabía casi lo mismo que servidora. A nuestra izquierda, en las postrimerías de Écija, el alba asomó lentamente en el horizonte y la noche dejó paso al embaucador verde del campo en el valle del río Genil, jaspeado por ese otro más apagado de los olivos. Al poco, el cielo negro tornó a gris y devino en un azul tímido, entreverado de algunos nimbos. Al fondo, más allá, por debajo, a hurtadillas vimos la luz clara del sol naciente. Nos desviamos al rato de la carretera y tomamos una menor, y luego otra. Abandonamos así el firme y lo cambiamos por tierra pálida. Renqueamos al son de la incontable multitud de baches que convirtieron a «la cabra» en barca a la deriva de un imaginario oleaje.

Resultó que mi padre llevaba varios años intentando meter baza en Madrid. Buscaba ser destinado a la Agrupación de Tráfico de la Guardia Civil, lo que suponía la incorporación a la Tercera Sección de Estado Mayor de la Dirección General del cuerpo. Parecía que, por fin, los hados confabulaban a su favor y no podía dejar pasar la ocasión. Había llegado a sus oídos que el gobernador civil de la zona quería comprar unos terrenos en Granada. Un amigo, por entonces mayoral de la finca cordobesa a la que nos dirigíamos, le hizo saber que el citado señor acudiría y que la expectación era grande entre la flor y nata de Andalucía. Aquel político se barruntaba como inminente hombre importante en el Ministerio. Las cartas parecían echadas y la mano lista para jugarse, así que movió Roma con Santiago para ser invitado a la montería a la que nos encaminábamos a trompicones.

Atravesamos al fin un portón hecho con dos pilares de piedra de mediana altura unidos en lo alto por un arco labrado del que colgaba un letrero chirriante de latón que anunciaba el nombre de la finca que nunca he conseguido recordar. Sí sé que estaba situada en la pequeña franja de la Sierra de Hornachuelos próxima a Córdoba capital. Al otro lado aguardaba un señor de pelo blanco y sombrero de ala ancha y copa baja, característico del lugar. Se apartó al vernos y lo alzó al viento con afán. Iba forrado de pana y abrochado con el cuero de la cincha del morral que caía hacia atrás y recorría el torso en diagonal.

–¡Coño, Braulio!, cada día estás más joven –le dijo mi padre mientras bajaba del coche y se le acercaba. Al parecer, habían hecho amistad en Luque, su primer destino como guardia civil.

–Tú sí que, Manolito, amigo. *¡Mare* mía! *Paices rico y tó*; te *hah dihfrasao* como *toh ezo zeñorito*; hay que *hoerce* –le espetó en el tono más *cerrao* que jamás había escuchado–. *Zube, deha er* coche donde *veah otroh* y aguarda que yo llegue y te *zitúe*. *Bienvenío*. ¡Hola guapa! –concluyó.

El camino estrecho, herido de hendiduras y regueros provocados por la lluvia, apenas disimulados con arena para la ocasión, serpenteaba en ligero ascenso. Esquivaba las encinas situadas a su capricho y también algún que otro quejigo en las zonas más húmedas. Giré hacia arriba y hacia afuera la ventanilla y fui invadida por la fragancia a resina fresca que emanaban los espesos racimos de pequeñas flores rojas de los lentiscos; me acordé del mío, abandonado junto a la playa. Los arrayanes presumían de sus blancas florecillas plumosas como diminutos pavos reales y regalaban su aroma suave de incienso dulce y embriagador a los toscos algarrobos. Al fondo pude ver fugazmente el paso de un meloncillo, su pardo aspecto, y su larga cola negra, cremosa en el extremo.

Un último recodo nos depositó en una explanada presidida al fondo por una casa muy blanca, grande y de una sola planta. Aparcamos a la derecha, a una orilla, junto a varios coches de modelos desconocidos para mí. Descendimos sin saber si coger los aperos o si dejarlos aún en el asiento trasero. No hicimos nada. Deambulamos por el claro levemente inclinado y nos aproximamos con cautela a un corro de señores que charlaban y fumaban entre risas, ataviados de la mejor guisa. Unos de militar con grandes cinturones de hebilla dorada y botonadura bruñida; otros trajeados con pañuelo blanco en la solapa y corbata oscura; algunos con prismáticos al cuello en funda de piel. A su lado, tres señoras curiosas, vestidas de forma parecida a la mía, transmitieron sin saberlo cierto consuelo a mis temblorosos andares. Más arriba, alejadas del grupo, algunas señoras con mandiles y pañuelo en la cabeza removían un perol sobre la lumbre y sacaban a la vista la *manteca colorá* que le susurró a mi estómago que llevaba horas vacío. A su lado, el bullicio de algunos niños alejaba a los animales domésticos de las migas ya listas y cubiertas con un paño.

Casi habíamos dado con la cuadrilla de señoritos, cuando la voz de uno de ellos anunció la llegada del señor gobernador camino abajo. Se atusaron los atuendos y se aprestaron a tomar posición para el saludo. A nosotros nos sorprendió exactamente en el centro de donde se suponía que no debíamos estar. Ligeramente adelantado, paró a escasos tres metros de nosotros un coche grande y negro, un Seat 1500 tan brillante que parecía nuevo. En la luna de atrás se leía en blanco «Servicio Oficial». Un chófer se apeó a toda prisa y abrió una de las puertas traseras de la que salió un señor alto, muy apuesto y de aspecto adusto, al que mi padre saludó al estilo castrense instantes antes de alargarle la mano.

–Manuel Martínez para servir a Dios y a usía en Almuñécar, señor gobernador –balbuceó con un esperpéntico tono servil hasta el extremo.

–¡Hombre, Martínez! Al fin nos conocemos. Tengo un asuntillo que comentarle, ya habrá luego tiempo. ¡Vaya una moza bonita! –respondió mientras agitaba la mano con brío y me escudriñaba de arriba a abajo sin el menor recato.

A los pocos instantes, damas y caballeros se alistaron para hacer los honores al montero más ilustre. Este les pasó protocolaria revista sin demasiado interés. Permanecí junto a mi padre, algo apartados de un mundo que no era el nuestro. El conductor continuó su periplo alrededor de la carrocería y abrió la otra puerta hasta que emergió a la tenue luz de la mañana un joven perfectamente acicalado, chaqueta a cuadros pequeños, el consabido moquero de adorno y unos pantalones de pana de un perímetro muy superior al de su talle delgaducho. Un maridaje perfecto entre cigüeño e hijo de papá, me dije con cierta sorna. Como su padre, él también se fijó en mí, me tomó la mano y se la llevó hasta el mentón ligeramente inclinado en señal de respeto. Elevó desde allá abajo la mirada y retornó a la posición altiva de origen. Supe que había llamado su atención; una mujer siempre sabe eso.

* * *

El sonido repentino e intenso del timbre del portero automático situado al fondo del pasillo, próximo al vestíbulo de entrada y a un perchero atiborrado de prendas en desuso, me devolvió a aquella tarde de verano en Madrid. Detuve mi pensamiento; apenas había comenzado a evocar los prolegómenos de la historia que dio sesgo a mis días. Esperaba la visita de Alonso, un joven como el hijo del gobernador, como los millones de jóvenes que han poblado la faz de la tierra y, sin embargo, un joven distinto a mis ojos. Se trataba de un arquitecto, huérfano desde hacía unos meses del chófer del consejero delegado de un grupo de salud. El dueño de la empresa había ofrecido a mi amigo, que no tenía trabajo, sustituir a su padre, y él, que estaba en busca de un lugar en que atravesar su luto, aceptó el envite. Un arquitecto convertido en conductor; una ironía de esas con las que el destino conmemora de tanto en tanto la vulnerabilidad de los hombres.

Dejé la puerta del recibidor entornada y regresé poco a poco al salón. Coincidí con Alonso cierto tiempo atrás y desde entonces siento la necesidad creciente de convertirlo en confidente del tiempo pasado. Lo conocí en la sala de espera de una consulta médica. Sin razón aparente, movida por un extraño impulso que aún hoy no comprendo, me dirigí a él e iniciamos una conversación que reveló la soledad que ambos padecíamos y que, en mi caso, no había cesado.

Como si el doctor Aguilar hubiese escuchado todo, nos llamó a ambos y nos hizo pasar juntos. Dos seres atemorizados y tristes, procedentes de tiempos distintos, dejándose ir al encuentro de la incertidumbre. La cosa terminó en una cirugía que no osé evitar ante la insistencia del galeno y del muchacho. Tampoco el día de la intervención contaba yo con nadie, así que pedí a mi nuevo amigo que me acompañase con la intención de poder tomar una mano amiga en medio de la adversidad. Se las ingenió para que le dejasen entrar al mismísimo quirófano. Antes de cerrar los ojos, sin importarme si lo haría para siempre, sentí el calor de su palma sobre la mía y cedí tranquila a los efectos de la anestesia. A los pocos días regresé al hogar y me llevé la amistad del chico. Recibí una visita suya y luego alguna otra hasta que se marchó a un misterioso viaje al desierto del que regresó bien distinto. Me contó que, entre otros avatares, sufrió un accidente que le hizo vivir una experiencia cercana a la muerte. De allí el joven arquitecto se trajo bajo el brazo un proyecto para construir un centro médico al Sur de Marruecos y, como no me creo capaz de gastar en vida todo el dinero que me queda, decidí donar la cantidad suficiente para sufragar su coste ante su estupor y decenas de negativas a aceptarlo que no le sirvieron de mucho.

Aquella tarde esperaba también su presencia. Ya subía en el ascensor mientras yo me arrastraba de regreso a mi cubículo. Escuché atrás, al fondo, el cierre de la puerta gruesa, pesada y blanca del piso. A continuación, los pasos de Alonso siguieron como de costumbre a los míos. Por norma, la frecuencia e intensidad del matraqueo de sus zapatos sobre la tarima del corredor no me permitían recorrer ni un tercio de la distancia sin que él me hubiese tomado del brazo y me arrastrase hasta el salón con la perorata ya iniciada sobre sus quehaceres.

El proceso de incorporación de Alonso como chófer del grupo hospitalario había resultado ser una treta preparada por el consejero delegado y su difunto padre. En verdad, su cometido sería el de director general de una fundación creada para ayudar a sanar a personas desvalidas, sobre todo en países con menos posibilidades que el nuestro. Pero no era esa la verdadera razón, o no al menos la más importante, de su recobrada lozanía, pues estaba ya bien entrado en la treintena.

Su corazón latía desde su vuelta, a pesar del luto aún presente, al compás del de otra persona de nombre María. Se trataba, según él, de un ser muy especial y, a lo que parecía, vaya si lo era. Me contó que María fue directiva de una empresa muy importante y que, tras ser despedida, huyó a un pequeño pueblo de Castilla. Allí conoció a un tal Enrique que la ayudó a descubrir el rumbo a la felicidad –creo que Alonso me dijo que a ese camino se le llama «dharma», o algo así–.

Esto la convirtió en escritora. Alonso la encontró en M´Hamid, una pequeña *kashbah* a las puertas del desierto a la que había acudido llevada por los personajes de su segunda novela. Sin embargo, la miseria que encontró la muchacha era tal, que decidió convertirse por un tiempo en enfermera y ayudar como pudo a aquella gente. Nunca olvidaré los ojos de Alonso clavados en el suelo cuando describió para mí por primera vez los bucles de su melena, sus piernas, sus caderas, su pecho terso, su mirada. También yo un día lucí una larga melena negra tan bella como la más bella crin, y un talle como el de María, y tal vez quisiera por eso contar que otrora poseí un pecho firme y joven, unos hombros perfectos y una barbilla chiquita y dulce cuyo vestigio aún conservo en parte.

Alonso volvió de su viaje sin María, arrepentido por no haber siquiera rozado sus labios, ni haber mecido levemente su estrecha cintura. Sin embargo, una mujer sabe intuir la senda que un hombre jamás descubriría. Transcurridas unas semanas de su éxodo, mientras Alonso, aún convaleciente, no podía dejar de pensar ni un instante en ella, María se puso en contacto con don Javier, su jefe, para acordar con él que se presentaría por sorpresa en la oficina justo en el momento en que a él le fuese ofrecida su flamante nueva misión. La joven treintañera había concluido su novela. Por lo que parecía, ella tampoco podía quitarse a Alonso de la cabeza.

Al llegar al salón, decidí abrir el balcón y dejar que el ambiente cargado se fundiese con una bocanada de aire, más fresco tras la tormenta, ahora convertida en una fina lluvia. Lo sombrío del lugar cedió así a la mayor claridad del cielo cubierto por un precioso manto perla. Mi recién estrenado acompañante se acomodó entretanto y me saludó amable como de costumbre.

–¿Cómo estás, Irene? –dijo sereno y cordial.

–Tengo suerte; ya me tuteas –respondí–. Esa manía de mantener un respeto innecesario solo me hace más mayor aún. ¿Cómo te encuentras tú?

–El verano me sofoca, pero siempre está todo bien. Es la enseñanza más importante desde que me encontré cara a cara con la muerte, Irene. Tengo mucho trabajo y siento pena porque esta tarde María se ha marchado por un tiempo. Pero si ha de ser así, así sea –concluyó con un envidiable tono de aceptación.

–El amor es la fuerza que mueve el universo entero, es la razón del equilibrio llamado cosmos, que, sin embargo, se muestra cruel para todo aquel que pretende acercarse siquiera a enturbiar el destino que a cada uno nos ha sido otorgado. Ojalá pudiera aplicar esas mismas palabras a mi vida en decadencia –afirmé–. Envidio tu clarividencia y ese modo de aceptar cuanto acontece sin preguntarte en exceso si te agrada o te perturba.

–María se ha ido a la casa que habita por temporadas en tierras sorianas. Al parecer, allí hay un albergue abandonado que bien pudiera servir para asilar a un grupo de jóvenes que quiero traer desde Marruecos. Y me ha pedido que no le mande mensajes a través del teléfono. Últimamente no lo ha pasado muy bien. Al parecer tuvo sus más y sus menos con su amigo Enrique en su última visita. Se trata de una persona muy querida para ella, un señor de edad avanzada, algo así como un guía en su camino.

»Yo no soy quién para interpretar su vida, ni sus intenciones o deseos. Sé que existe algo que nos ha unido y sé que, por mucho que nos esforzásemos por navegar a la contra, no serviría de mucho. Soy feliz así y debo velar también porque ella lo sea. María tiene su propia vida y solo podremos compartir nuestro tiempo si cada uno es dueño de su propio espacio.

–Eres sabio a una edad temprana, Alonso; un tipo afortunado. Yo sé las cosas que conoce una vieja por haber vivido mucho, pero aprendí a salto de mata y a base de dolor. Ojalá hubiese podido compartir todo cuanto me ha hecho infeliz con alguien cuando era aún más joven que tú y decidí echar a perder mi futuro –esgrimí sin reflexión previa.

Alonso alzó sorprendido la mirada y pude ver de soslayo que la fijaba en la mía, perdida de nuevo en aquel día de montería de aquella tarde estival. Tal vez, la solución a mi pesar se encuentre en anhelar el día no muy lejano en que María y Alonso se unan para siempre, ese en que cada instante sepan que existe un ángel que habita a su vera y que lo hará por toda la eternidad. Desazón y esperanza combatían en mí instantes antes de que mi boca emitiese el veredicto dictado, quién sabe si por la despiadada cabeza o por el corazón doliente.

–Mi vida, querido Alonso, no ha sido sencilla en las cosas del amor. Fui feliz un tiempo, pero de eso ya hace demasiado –susurré con voz trémula–. Lo que voy a contarte ha habitado en mí más de cincuenta años. Ni siquiera una amiga, ni mi familia, nadie nunca conoció el motivo de mi taciturna forma de ser. Con el tiempo todos creyeron, incluso mi hermana, que siempre había sido así.

–Irene, no sé si merezco tanta confianza, pero una vez que has comenzado, no tienes más remedio que desembuchar cuanto te oprime –alegó él mientras me asía la muñeca derecha que posaba mustia a su vera y me guiñaba el ojo con donosura–. Estoy convencido de que cuanto haya ocurrido, antes o después, ha tenido su razón de ser. Me siento muy afortunado de que lo compartas conmigo, amiga mía.

Le devolví una leve sonrisa, puse mi otra mano sobre la suya en señal de aprobación, y comencé a desgranar de viva voz los sucesos de la jornada de caza que un rato antes habían comenzado a desfilar ante mi memoria.

* * *

En el claro ligeramente inclinado de la finca cordobesa, la amable salutación dio paso a cierta actividad entre chanzas sobre cacerías pasadas. Empleaban una jerga que no entendí hasta años más tarde. Se narraban aviesos negocios ya realizados, se departía sobre el futuro de los hijos en universidades extranjeras, sobre cualquier cosa entre las que intuí más farsa que verdad, más impostura que franqueza. En todo caso, agrandaron la distancia que nos separaba. Un señor muy bien parecido llamó al almuerzo mañanero y, poco a poco, yo del brazo de mi padre, nos aproximamos en busca de plato y cuchara. Me sentí observada por todos y escuché a lo lejos algún que otro chascarrillo sin gracia. Sin embargo, el afán por silenciar el rumor del estómago vacío me mantuvo en lo importante. La bruma de la mañana fue levantando y dejó ver nubes y claros, entre los cuales el sol elegía aleatoriamente para otorgarnos sus rayos, sutilmente cálidos, de cuando en cuando. Una mesita a pocos metros ocultaba casi por completo su tablero, cubierto por un buen grupo de sobres blancos, todos iguales, todos cerrados. De su interior saldrían en suerte los puestos a ocupar por monteros y acompañantes.

Un gran bigote blanco se subió junto a su dueño sobre un taburete, rezó un Padre Nuestro, recordó el cupo por puesto que no debía ser rebasado, deseó suerte, y describió la mancha de la finca que se cazaría. Los pequeños papeles señalaban el número con la ubicación de los componentes de cada una de las seis armadas, de ocho puestos cada una, en que habían sido colocados los tiraderos. El número siete del sopié era nuestro destino; una de las mejores posiciones según el guarda con quien habíamos tenido ya tiempo de departir con más calma. Los tres cierres restantes y las dos traviesas no eran tan de su gusto. Se distribuyeron los postores y acompañamos al nuestro hacia un Land Rover gris clarito con los faros casi en el centro de la calandra y una enorme rueda de repuesto en el frontal, situada sobre el capó del motor. Nos apretamos dentro al menos diez personas, unos sobre otros. Entre ellos, el gobernador y su hijo, que se volvió y me guiñó un ojo desde su posición estrujada. Detrás venía otro vehículo idéntico. Paramos al poco rato y nos dispusimos, ya en silencio, a caminar hacia el aguardo dispuesto por la fortuna.

Avanzamos con dificultad por la estrecha vereda del somonte. Procuré no resbalar con las trizas de pizarra suelta. Transitamos en hilera con paradas en cada uno de los lugares señalados por un jirón de trapo blanco atado en una rama a la vista. En las cinco primeras ocasiones no logramos despegarnos del acicalado muchacho y de su afamado progenitor, pero a la sexta fue la vencida. Cuando llegamos al séptimo puesto, nos hicimos ver levantando la mano en señal de precaución. Estaban junto a nosotros, a unos cien metros de distancia. Nos guarecimos bajo un pequeño alcornoque despistado del resto, situados allá en la llanura. La imagen ante nuestros ojos era la de un sorprendente cuadro. Estábamos sobre un pequeño promontorio natural con solana y umbría. La sierra quedaba a nuestra espalda. Mi padre me hizo ver que por allí no debería asomar ningún animal. Delante, un espacio claro y pedregoso con una pequeña zanja de agua daba paso, metros más abajo, a una barrera de jaras, sotobosque cerrado y algunos árboles. Mucho más lejos, pudimos contemplar un valle que hacía de traviesa natural. El amplio espacio arbolado que conformaba la dehesa quedaba al fondo. Una continua brisa fresca venía de nuestra izquierda; otra baza a nuestro favor para no ventear a la caza de frente. Pusimos unas ramas por si acaso, y así de paso evitaba ver al chico del gobernador; no me gustaba en absoluto.

A los pocos minutos de silencio sepulcral, me vi sorprendida por multitud de ladridos lejanos procedentes de la parte derecha de la finca. La suelta de las realas tuvo lugar en el cierre de ese lado y comenzaba a batir la mancha de cabo a rabo con objeto de levantar las reses hacia los puestos. Un tiro lejano fue el preludio de una interminable retahíla de fuego y olor a pólvora quemada. Se estremeció el pequeño trípode portátil en el que me había posado mi padre. Hizo un gesto para comprobar si estaba bien y recordarme que debía permanecer inmóvil.

El tiempo pasaba lento, mucho más despacio de lo que hubiese deseado. Imaginé a puercos y cérvidos escapando de la encerrona por entre los matojos, pero disparo tras disparo supe que no siempre los sueños se cumplen. Un chasquido cercano alertó al rifle situado junto a mí. Luego otro; era demasiado pronto para que las piezas llegasen a nosotros pero los síntomas de proximidad de algo vivo parecían claros. A los pocos segundos contemplé la parte superior de una majestuosa cuerna navegar sobre los arbustos y puse en aviso a su dueño con un leve movimiento que fue respondido con un asentimiento alterado. Los quejidos de la maleza se hicieron más intensos hasta que, de pronto, una estampa inenarrable rompió ante nuestros ojos. Un enorme venado lucía, desafiante, su lomo henchido. La mirada era orgullosa, el cuello oscuro y perfectamente musculado. Algaradas intermitentes de vaho mostraban la respiración intensa del animal detenido. En alzada sobre cuatro esbeltas extremidades ligeramente ladeadas, me convirtió por unos instantes en una con la naturaleza y su majestuosidad. Un trueno maldito seguido de una señal redonda, burdeos, en el codillo, delató lo certero del disparo. Cayó el animal de bruces sobre el pequeño arroyo, apoyó con un golpe seco la carrillada en una piedra y elevó la mirada al cielo con el belfo tratando de inhalar un último aliento. El sutil rumor del agua en el regato lloró conmigo. Aquel animal murió un día veintiséis a manos de mi padre.

–¿Qué importa que fuese un día u otro? –preguntó Alonso.

–Hoy es veintiséis; eso es todo –mascullé sin dar más explicación a ese respecto. Continué con mi relato.

* * *

Los momentos siguientes transcurrieron en presencia del ciervo yaciente y con la repetición en mi retina, una y otra vez, del lance recién acaecido. Me preguntaba por la razón de su muerte; quería pedirle perdón en nombre de todos los hombres. La caza era, después de todo, el arte más noble en los días de la muerte a granel con jaulas y electrodos, me dije. Amé y amo la caza, agradecida por el alimento con que nos sustenta la naturaleza, pero no he logrado sin embargo comprender que hayamos convertido la muerte de un ser salvaje en un motivo de placer. No entendí, muchos años y monterías después, la alegría en el rostro de quien acaba de dar muerte a otro ser que nos acompaña en el cosmos que ampara todo. Conocí a multitud de hombres buenos, generosos, afables, veladores del bienestar de sus familias y amigos; esos mismos fueron prosélitos a la vez de la satisfacción de arrancar la vida a animales por el mero hecho de hacerlo. Algo debe haber en el universo que no consigo descifrar. Algo se escapa a la pobre inteligencia humana y, desde luego, a la mía. Yo misma, años después, maté una cierva en un descaste y sentí ese gozo injustificable que me convirtió para siempre en un ser inferior al alma de la res abatida.

Los pueblos cazadores que fueron dignos de llamarse «humanos» –unos pocos aún lo son– cazaban para comer. Lo hacían con respeto y loaban el honor de sus presas. Los cafres, no pienses mal –dije con humor–, eran un grupo de pueblos bantúes que se excusaban ante las bestias de las que se alimentaban. Los indios *cherokee* rezaban al viento y pedían perdón a los dioses por la vida de cada animal que arrancaban de las montañas. Sus hermanos de Alaska los elogiaban con canciones fúnebres. Antes, en el Paleolítico, en la tierra que acoge a la actual Rusia, se hacían enterramientos de representaciones de animales en señal de respeto y duelo por darles muerte. Eran preciosas las ceremonias que se hacían en tierras de la Siberia de tunguses, samoyedos y dolganos, en señal de admiración por el alma de las fieras del campo. En toda época creyó el hombre que los animales, igual que ellos, tenían un espíritu que había que venerar como miembros en equilibrio del mismo cielo, la misma tierra e idénticas aguas. Hoy, los monteros no toman la carne cobrada para comer, aunque otros sí lo hagan. Su afán no es alimentar a otras personas, ni preservar la especie, un fin justo y necesario por otra parte. Matan porque disfrutan haciéndolo. Tienen el dinero suficiente para que otros les acorralen a los animales de los que no se alimentarán y los despachen por recreo. Yo fui parte de ellos y hoy sé que estuve equivocada.

Nada hubiera podido aclararme, de haberlo conocido por entonces, Lao Tsé y su *Tao Te King*, uno de los grandes libros del mundo. Contiene el concepto del *ying* y el *yang* como fuerzas opuestas e interdependientes. Mi *ying*, lo sutil, lo blando, lo amable, había sido profundamente herido por un *yang* asesino y duro aquella mañana de un día veintiséis. Desde entonces, el *Tao*, la energía superior que contiene a ambas, no ha sido aún capaz de dirimir entre mi *ying* y mi *yang* y eso hiere mi alma, alejada de la paz que no hallo. Tal vez –me dije bajo la atenta mirada de Alonso–, Heráclito y su teoría de los contrarios estaban en lo cierto y resulta que toda idea puede ser entendida como su contraria caso de ser contemplada desde otro punto de vista, y que el mundo solo puede ser expresado por la tensión que generan sus opuestos. Sería entonces posible que Hegel, Marx y Engels atinasen al considerar que toda realidad es esencialmente contradictoria, que todos los fenómenos de la naturaleza son resultado de la lucha de elementos opuestos que se unen, a pesar de todo, en un mismo ser. Igual Demartini ha descubierto la verdad que nos envuelve al afirmar que existe una ley cuántica por la que todo es simétrico y para la que cualquier estado semi-cuántico de positrones es equilibrado por otro de electrones. De esa forma, todos los fenómenos del cosmos son cuánticos absolutos y así no pueden existir la felicidad sin la tristeza, el nacimiento sin la muerte, la compasión sin el odio, la crianza sin el asesinato, la bondad sin el crimen.

–Te has transformado de repente en una gran avalancha de sabiduría –sonrió el joven Alonso, un tanto perplejo–. Menudo desembuchar el tuyo. De carrerilla, pensamientos de una u otra época en perfecta ilación.

–He tenido demasiado tiempo para leer, demasiada soledad a mis espaldas, mi querido amigo –concluí entre cierto rubor–. Lo hacía en mi refugio de niña, agazapada bajo mi lentisco, y lo he hecho desde entonces.

* * *

Nos acercamos a comprobar de cerca las hechuras del venado –continué sin detenerme en el comentario de Alonso, absorta en mi historia, tan lejana y tan presente a la vez–. Osé acariciar su lomo pardo, aún caliente, mientras mi padre colocaba un lacito con los colores de la bandera de España en torno a un asta próxima a la pala derecha.

–Un buen trofeo, hija. Volvamos al puesto, no es seguro estar aquí. –Sus palabras aún hacían eco en mí.

Poco a poco, se aproximaban las ladras de las recovas; ya casi nos alcanzaban. Un perro blanco, mezcla de muchos cruces, con un collar de cuero negro, salió de la espesura con el hocico pegado al suelo. Husmeó al cérvido y regresó junto a la voz de alguien que llegaba a gritos y animaba a los canes a levantar nuevas piezas de entre la fronda con sonidos repetidos e incomprensibles. De pronto, los gañidos incrementaron su intensidad y provocaron la estampida de un guarro negro y la de la jauría tras él. Apuntó mi padre pero no tiró, supuse que para no herir a ningún podenco. Escapó hacia la izquierda tan raudo como la bala que lo esperaba en el puesto de al lado. Un sonido seco bastó para verlo volar por los aires. Aún se movía, pero la maraña de garras y fauces que se le echaron encima lo remataron pronto.

El sol asomó tímidamente y dirigió uno de sus rayos sobre la camisa, blanca como la nieve, que se hizo luz intensa ante mí en el confín del mundo y me trasladó fuera de todo tiempo y lugar. Un bálsamo de belleza pura entre la tempestad de sangre y muerte que me anegaban. Me levanté muy despacio y miré su pelo casi rubio peinado hacia atrás. Un mechón rebelde se dejaba caer curvo sobre la frente cubierta por una sutil capa húmeda. Bebí de unos ojos entornados de pupila casi transparente, mezcla de todos los azules, grises y verdes, enmarcados en el rostro curtido de un hombre libre. Acerqué mi ser a sus labios ajados, apenas abiertos para dejar brotar una ramita de olivo de una de sus comisuras. Dirigí la mirada a su torso, ancho sin exceso, parcialmente desabotonado, y a sus recios brazos remangados. Dibujé una ajustada cintura de vientre plano. Ansié ser la tira de cuero que agarraba una faca envainada y ataba un ancho zahón con el que acababa de empujar hasta rasgar la última broza antes de detenerse. En una mano, un cayado; en la otra, una cuerna roma. Me sentí indagada, invadida, y me abandoné con gusto. Ignoro los momentos que sostuvimos el tiempo en el breve espacio que nos separaba.

–Habrá estado ahí escondido toda la mañana, seguro –dijo con acento de Castilla y sin saludo previo–. Buen bicho –señaló a continuación al ciervo muerto–. Enhorabuena.

–Gracias, zagal –respondió mi padre.

Marchó sin más tras los canes, hacia la izquierda, camino de la casa. Seguí sus perneras y sus botas camperas. Le vi agacharse despacio entre los perros para comprobar que el jabalí yacía quieto. Se dio la vuelta y dirigió hacia mí su mirada. Alzó el brazo al cielo en señal de despedida. Moví la mano incapaz de acariciar, ya lejos, la suya. Se alejó al fin entre el regato antes de zambullirse en la tupida vegetación y se fundió con el campo hasta el pecho. Luego, el punto dorado en que la distancia había convertido su busto, también se desvaneció. Dejé ir al joven perrero que aún permanece en mí de algún modo. No puedo regresar a aquel lugar ni a aquellos instantes que aún hoy duelen tanto –revelé por vez primera, con voz calma, extrañamente firme.

Alonso quebró el silencio provocado por el nudo que se había formado en mi garganta.

–No te aflijas, Irene; no es necesario que pases un mal rato. Me alegro de ser hoy tu compañía.

–En absoluto, Alonso. Me hace bien saber que puedo compartir con alguien mi lástima. Aún no te he contado lo mollar de lo que ocurrió, pero te pido que lo dejemos para otra ocasión. Demasiada emoción de golpe puede acabar conmigo –declaré rebajando la tensión.

–¡Claro! Me tienes intrigadísimo, pero creo que podré superarlo –respondió sagaz.

–No te lo he contado, pero me he aficionado a ver los vídeos que publica un muchacho llamado Elrubius –manifesté para su sorpresa mientras abría el ordenador portátil situado ante nosotros, en un intento de cambiar por completo de asunto de conversación. Elrubius tiene nada menos que más de veinte millones de seguidores en todo el mundo.

–¡No me lo puedo creer, Irene! Menuda jovencita te estás volviendo. Sería lo último que hubiera pensado de ti.

–Hoy voy a volver a recrearme con uno de ellos que se titula *Cincuenta cosas sobre mí*. Es mi preferido –aseveré–. He escuchado a algunas personas (de esas que se quedan en la superficie de todo para no comprender casi nada) decir que es un chico bastante soez, que suelta muchas burradas. Dicen que deberían prohibirle algunas de sus afirmaciones. A mí me parece un buen tipo, alguien más profundo, mucho más de lo que da a entender. Me recuerda a mí a su edad, distancias de todo tipo aparte.

–Vamos a ver, Irene; no estoy tan mal de la cabeza como para pensar que eres como Elrubius, mujer –respondió Alonso incrédulo del todo–. Yo también lo conozco. Deberías dejar el *sol y sombra* –bromeó de nuevo.

–¿Que no? Bueno, no soy igual del todo, pero escucha: en el vídeo al que me refiero, él trata de describir su forma de ser, contar su vida, harto de que otros digan lo que no saben. Eso mismo me ha pasado a mí durante años. Elrubius tiene dos gatas y yo no, es cierto, pero le gustan los paisajes inmensos y llenos de vida como a mí. Le agrada el horizonte del juego *Xenoblade*. Curiosa animación esa en la que los participantes pueden modificar a su antojo el reloj en vez de dejar que el tiempo transcurra de forma natural. Ojalá habitase yo ese lugar y pudiera regresar a la historia que he comenzado a participarte.

–Pues no lo hagas más por hoy que la volvemos a liar. Sigue, sigue, me tienes pasmado.

–A Elrubius le gusta más estar en casa solo que salir por ahí, igual que a servidora –continué relajada–. Siente gran curiosidad, como desvela entre sandez y sandez, por saber si existe algo más allá de nosotros, en el espacio. Se tumba en las noches de verano en el jardín de la casa de su Noruega natal y simplemente mira por si ve algo moverse. También yo observo a través de mi ventana en busca de la más leve oscilación que no llega. Además, no le gustan los *hipsters*, que es exactamente lo mismo que me ocurrió a mí cuando vi por ver primera al hijo del gobernador –reí con ganas mientras hablaba.

–Se esconde Elrubius tras la gracia de sus ronquidos para confesar a hurtadillas que cree en el amor como nadie, que se enamora con facilidad aunque siente miedo de ser engañado debido a su fama. Dice que no lloró al ver la película *Bajo la misma estrella* en la que dos jóvenes gravemente enfermos se pretenden; tan solo alcanza a afirmar que le gustó verla, pero es la única que recuerda cuando evoca lo más destacado de su existencia. Le da miedo la oscuridad, echa de menos unos momentos de intimidad al pasear, piensa en los problemas de los demás, en un mundo injusto que no le agrada. Asume al fin el camino que ha elegido y espera, como yo hice un día, no equivocarse, como hice yo por no ser honesta conmigo misma. Creo entrever que sí lo es Elrubius, hasta donde una vieja puede vislumbrar de un joven a través de una pantalla.

Aún antes de la partida, añoraba un nuevo encuentro con Alonso. Quedé sola con la tarde moribunda. Me sentía bien tras haber trasladado una pequeña parte del lastre de una historia que no había hecho sino comenzar.

SEGUNDA PARTE

«Te estoy tejiendo un par de alas. Sé que te irás cuando termine... pero no soporto verte sin volar».

ANDRÉS CASTURA-MICHER

Soria, verano de 2010

Por la tarde, había regresado la humedad habitual a Valdeavellano de Tera, el pueblo soriano en el que habitaba desde hacía tres décadas largas. Desde entones soy allí una mota de polvo a la que alguien llamó Enrique un lejano día. Me sentía una ínfima porción de materia por un tiempo en el valle de los avellanos. Está enclavado junto al río Razoncillo, que fecunda desde tiempo inmemorial al Razón un poco más allá de su curso. El nombre de la aldea refiere a otro río, el Tera, aunque no es ese su enclave, sino otro más lejano. Contradicción pura entre la contradicción que lo conforma todo, pensaba mientras mecía la cabeza levemente. ¿De dónde provendría el desvarío? Tal vez de los primeros pobladores conocidos del Castro de Valdeavellano, allá por la Edad del Hierro, mil años antes de Cristo; acaso de algún que otro capricho posterior. Cuando miro a sus gentes, a mis vecinos, me digo a menudo que tienen alma celta, que tienen su origen en el período de Hallstat, pero no se lo cuento. A ellos, afortunados al fin, no les intriga mucho más que su propia existencia, su fluir natural con el fantástico valle, como quiera que haya sido llamado.

Siendo yo sacerdote, en una etapa más de mi huida a ninguna parte, me llevó hasta Valdeavellano una invitación para predicar en las fiestas patronales. Pasó un día, y luego una semana, y más días y semanas, y ya nunca más fui cura, y nunca jamás abandoné aquel lugar que, desde entonces, me sirve como cobijo. Pero esa es otra historia.

El verano había sido más seco de lo acostumbrado en tierras de montaña. Sin embargo, aquella tarde, una fuerte tormenta me trasladó después del frugal almuerzo, desde la sala principal, presidida por un tímido fuego somnoliento, al pequeño habitáculo que me servía de despacho. Su pequeña ventana ofrecía a mi umbría y estrecha morada la única tronera por la que entraba algo de luz al lóbrego hogar. La compré pocos meses después de decidir establecerme en la villa. En su planta baja, además del salón y el despacho, había un pequeño aseo junto a una escalera estrecha. Arriba reposaban dos dormitorios. Uno, más amplio, tenía un balcón a la calle. Otro, mucho más pequeño y sin ventanas, servía de secadero de jabón y alguna que otra vianda. Aún más arriba, el diminuto desván con dos claraboyas me unía al cielo de la sierra en el valle del río Razón.

Reposaba los días de asueto, que eran todos mis días, a ratos, frente al ventanuco del despacho, parapetado por una antigua mesa de roble en la que apenas cabían una carpeta y unos cuantos papeles condenados al ostracismo, aún antes de ser escritos. Ante mí, la enorme fachada burdeos y crema de la casona situada pocos metros más abajo opacaba el mundo que debía existir a su través. Las rejas negras del portón grande de mi casa, desproporcionado, y sus goznes oxidados hacían las veces de prisión misteriosa e improvisada. El pequeño cuarto en el que me encontraba estaba rodeado por unas estanterías de arriba a abajo en las que los años habían depositado multitud de libros y panfletos que fui escribiendo para matar el tiempo. Entreabrí ligeramente uno de los cristales y me senté en la vieja silla de enea que me saludó con su quejido cotidiano al recibir mi peso mermado. Respiré hondo; sentí un gran alivio al compartir el olor a estiércol del pequeño corral con el sonido de las gotas de agua en el canalón. A la derecha, un diminuto huerto rebosaba hortalizas. Al otro lado, el cobertizo casi vacío aguardaba a ser renovado con leña para el invierno.

Junto a mí, dentro, a mis pies, sobre una diminuta mesilla, escondida y casi a oscuras, recordé la compañía del aparato de radio y música que alguien me regaló tiempo atrás. Era un cachivache plateado con dos altavoces simétricos y una obertura central que contenía desde hacía algunos días una cinta naranja. Gustaba de intentar adivinar la melodía que se me ofrecería instantes después de pulsar el botón situado en el lomo superior. Con el dedo índice sobre la tecla, imaginaba la voz rasgada de Gianna Nannini, dedicada a ensalzar su maravillosa criatura; o el enigmático misterio del sonido creado por Ludovico Einaudi. Evocaba la pureza del timbre de Whitney Houston que afirmaba que me amaría eternamente, y la voz profunda de Freddy Mercury deseosa de vivir para siempre. El sonido cándido que brotaba de Ami Lee se preguntaba en mi divagar si yo sería una estrella, mientras la pobre Mari Trini –sonreí–, se lamentaba por haberse topado con la suya de bruces en el jardín. También se acercó a mi recuerdo la misteriosa voz de ultratumba de Leonard Cohen que rogaba a un ser amado que guardase el último baile para él. Apreté la tecla que puso en marcha la maquinaria. Comenzó a sonar el leve tintineo perfectamente armónico de un piano. El vientecillo de la tarde meció el marco de la ventana y saludó al violín que se unió a mí y a mis cosas, y juntos comenzamos a volar en pos de la trémula voz –esta sí, sonora– de Joan Manuel Serrat. Dejé pasar los segundos acompañado por la melodía, impaciente por alcanzar el fragmento que parecía escrito para mí:

«... no hay nada más bello,
que lo que nunca he tenido;
nada más amado,
que lo que perdí...»

Acabó la canción y le siguió otra, y luego otra más, pero, como había sucedido en tantas ocasiones, mi cabeza solo era capaz, encasquillada, de repetirse una y otra vez que no existe nada más hermoso que lo que jamás ha sido poseído. ¡Qué podía saber de esas cosas un viejo solitario en la angostura del olvidado mundo rural!, me dije. Algunos hombres hubo que creyeron en la bondad de su destino hasta la llegada de su último día. A mí, en cambio, me rondaba la duda sobre el resultado de alguna decisión tomada hacía ya demasiado tiempo y que, sin embargo, no dejaba de perseguirme. Aquella misma mañana había leído algo de Friedrich Schiller, el mejor dramaturgo alemán para mi gusto después de Goethe. Fue un hombre perseguido por el poder hasta la saciedad. Médico a la fuerza, enfermo gran parte de sus días, militar por designación, capaz, a pesar de todo avatar, de hallar su senda, de creer en ella y de escribir que en el corazón de cada ser humano brilla la estrella de su destino. Y vaya si brilló el suyo –hombre lleno de honores–, y vaya si pervivía mustio el mío, sin ápice de proyecto cumplido ya pasados los setenta.

Abandoné despacio la salita y avancé al portal en el que descansaba un banco largo de madera protegida por un oscuro barniz. El sentón tenía una tapa y en su panza guardaba algunos pares de zapatos, varios de ellos gastados o en desuso, todos cansados de tanto camino recorrido. Elegí unas botas «katiuskas» negras de caña alta para protegerme del agua. Cerré la cubierta y me senté a enfundarme en ellas, no sin esfuerzo. Dudé de si meter la pierna de los pantalones por dentro o dejarlos libres; me pasaba a menudo. La puerta de la casa quedaba a mi derecha. Se trataba de un armatoste ancho y robusto de recia madera, vestigio del ganado que habitó la casa antes que yo. Como era costumbre en el valle, tenía dos hojas divididas a media altura. En verano dejaba abierta la de arriba, lo que me permitía ver la aldaba negra desde mi posición en el banco. La parte inferior rozaba el suelo y había dibujado un cuarto de circunferencia en la piedra, de forma que no necesitaba pestillo para quedar inmóvil. Oteé desde allí el cielo en busca de un pronóstico meteorológico más o menos fiable. Las nubes, aún grisáceas, atravesaban raudas la estrecha porción de firmamento a la vista y no las consideré muy de fiar. Tomé del perchero de enfrente un chubasquero con capucha por si las moscas. El paraguas podría servir de apoyo, así que también se vino conmigo.

Solía pasear todas las tardes, más temprano en invierno y algo después durante los meses más cálidos. Desde hacía algunas semanas, mi destino era siempre el mismo, aunque esa tarde escogí una ruta nada habitual. En vez de desandar a la derecha la callecita en la que había sido emplazada mi casa, partí hacia la izquierda para evitar tropezarme con alguien. Prefería ir por los prados y disfrutar del paisaje tras la lluvia. La Calle Nueva terminaba justo en el lugar al que me dirigía. Era larga y sinuosa. Lo preferí de ese modo. De nuevo a la izquierda, el callejón en cuesta acercaba aún hilillos de agua que caracoleaban entre boñigas dispersas y mezclaban su efluvio con la leña quemada del asador, oculto a la vista, situado a pocos metros. Una brisa fresca me acariciaba la cara y el aire penetraba lozano en los pulmones. Alcancé la cochera de Felipe, el camionero que llevaba la leche del ordeño a Soria a diario, y encaré, a la derecha esta vez, otro tramo más recto y más llano. Me vi sorprendido por el saludo de tío Mena, sentado a resguardo en su pequeño corralito. Elevé la cabeza y la mano al unísono en señal de saludo y proseguí adelante.

A los pocos metros, franqueado el huerto grande y bien cuidado de Jesús Colás y también la casa de María, la de Segundo –así era llamado su marido difunto y luego su hijo, el tabernero–, tan solo quedaban unos pasos para despedirme del asfalto y adentrarme en el reino de los prados y las tapias bajas de redondeada sillería sobrepuesta. Mi andar no notó en demasía la diferencia al transcurrir sobre los primeros cantos grandes y lisos que parecieran mampostería. Los espacios entre ellos eran luego mayores y alguna vegetación se esforzaba por hacerse con el terreno baldío destinado al paso. Me detuve ante un osado brezo que, lejos de sus hermanos, habitantes de los claros en el bosque elevado, se empeñaba en crecer en la vereda a merced del descuidado vaivén de unos y otros. No pude por menos que agacharme y acariciar sus pequeñas ramas erguidas de color rojizo e imaginar el púrpura de sus delicadas flores del otoño venidero. Mi olfato salió al encuentro de su aroma fresco, suave, mezcla de madera y musgo. Supe que aquel pequeño brezo no serviría de escoba por su tamaño menudo y me alegré. Tampoco sus raíces se entregarían a ser cachimba de algún fumador. «Estás destinado –susurré– a que tus flores entreguen el mejor néctar para la miel del hombre. Cuando crezcas vendré a por parte de tus ramas y de tus brotes y serás una de las treinta y ocho Flores de Bach que conservo como remedio natural. Tu generosidad hará mella en mi tendencia al egocentrismo y acabará con él, como mejor conviene».

El paraguas me ayudó a desdoblar los entumecidos huesos de viejo y continué lentamente mi camino. Me gustaba comunicarme a mi manera con las plantas y con la tierra que las nutre. Absorto, tropecé y, a punto de caer, me percaté de que el terreno ya no era tan uniforme. Un nuevo giro brusco a la derecha y enfilé hacia el paraje llamado La Loma, aunque ni era una loma ni la alcanzaría en subida, sino en ligero descenso. La senda fue engullida por una tupida fronda de árboles y yo con ella. Algunos robles me mostraban las fisuras de su tronco y el lóbulo alterno de sus recias hojas. Sus ramas, que nacen rectas, se tornan tortuosas para evitar dar sombra. Siempre mantuve una extraña relación con los robles. Son unas criaturas complejas y enrevesadas cuyos taninos, ocultos en la corteza arrugada, cuidaban de mis intestinos y de mis faringitis, y me prevenían de la llegada de sabañones en invierno. Yo prefería el porte erecto de los numerosos fresnos que cobijaban el paso y que constituían un digno preludio de los álamos en la vega. Su tronco, liso y verde en los jóvenes, trocaba al rugoso parduzco del formidable ejemplar que tenía ante mis ojos. Disfruté de la vista de la amplia copa, los pares de hojuelas, cada uno en el lugar perfecto, de sus hojas estrechas de limbo verde claro finamente dentadas. Tomé una ramita que pendía al centro de la trocha, a la altura de la frente, pero no osé cortarla. Quedé quieto ante la pubescencia en los tallos del envés de cada una de ellas. Supuse que sabían, aún llenas de vida, de su muerte próxima, necesaria en otoño para dejar paso a otras. Por eso tal vez tenían ya listas sus semillas para ser dispersadas al viento suave de la tarde. Así, un día, otros fresnos acompañarían con su sombra otros paseos, acepté resignado. Otras hojas combatirían en tisana la fiebre de los niños y el reúma de los mayores, y fortalecerían las encías de los unos y de los otros. Cumplirían de ese modo su misión en el cosmos, fluirían los fresnos en el perfecto equilibrio que lo crea todo y nos sobrevivirían al fin. «Debiera envidiarlos por su longevidad, pero así lo ha dispuesto el universo; será mejor por tanto», mascullé mientras dejaba libre la ramita, que regresó a su posición natural.

Continué despacioso; inhalé una y otra vez con tanta intensidad como permitían mis marchitos pulmones, tan vigorosos en otra época. La paz del silencio que me envolvía era perturbada tan solo por el lento balanceo de las ramas, el revoloteo travieso de algunos aviones y la torpeza de varios de mis pasos. Observé al fondo la aparición paulatina de una luz plateada, intensa, y me dirigí hacia ella. Los últimos árboles formaban un pórtico natural que coincidía con el final del camino. Ante mí se abrió de par en par la vega del valle, jaspeada por miríadas de pequeños cardos y alguna que otra *bovista* sobre el terreno ralo y claro del estío. Varias tapias, a la derecha, estaban envueltas por zarzas llenas de negras moras y, más allá, los Prados de Concejo y el cementerio, y la entrada a la aldea con el campanario de la iglesia como estandarte. A la izquierda, algo más abajo, una granja abandonada trataba de sostener aún el único alero del tejado en pie. Algo más allá, entre el campo y el cielo, la carretera de acceso al pueblo trazaba una línea que atravesaba el paraje. Al fondo, una hilera de esbeltos chopos mostraba el surco del río, oculto a la vista desde la lejanía. Me acerqué al borde de la vía y tomé asiento, como cada tarde, en una piedra grande que hacía las veces de mojón de quién sabe qué linde. El canto hueco de un par de abubillas color canela me dio la bienvenida. El listado negro y blanco de sus colas y alas, el penacho de sus crestas eréctiles y plegadas, su caminar en pos del errático vuelo que las caracteriza, me resultó familiar. Con las dos manos apoyadas en el paraguas, giré la cabeza y contemplé las montañas que me albergaban. Al Sur, la Carcaña, sobre el pueblo de Villar, blanco y quieto. En el Oeste, la Sierra de los Pinochos, luego la de la Tabanera. Al Noroeste, Sierra Cebollera lucía la más alta, adornada por La Ladera y el Torruco, sus dos flamantes picos. En el Norte, mi querida montaña de Guardatillo, tan profanada por mis intromisiones, cada vez más espaciadas. Algo mareado me senté en la cuneta, viré el muslo en dirección Este, la entrada natural al valle, e imaginé el antiguo poblado de Castilfrío, desparecido a pocos metros de donde me encontraba. A la altura de mis ojos se adivinaba la curva que separaba al valle del mundo en la que fijé la mirada, absorto en mis pensamientos.

Allí me postraba cada tarde a esperar a María. Había marchado después de Navidad, pero su partida había sido bien distinta a la de otras ocasiones. Una terrible discusión provocada por mi ira y su carácter la arrojaron de mi lado sin decir adiós. Tantas semanas después sin emitir señal alguna, comenzaba a dudar de si volvería a verla. Una y otra vez se manifestaba la querencia de mi sino por la espera.

* * *

Evoqué allí sentado la mañana fría de invierno en que nos encontramos tres años atrás. El día había amanecido encapotado. El frío de las jornadas anteriores no era tan intenso, señal inequívoca de la nevada que se aproximaba. Me levanté temprano como de costumbre, avivé los escasos rescoldos en el hogar y acerqué dos gruesos troncos laterales a medio consumir. Coloqué en el centro unas ramitas secas y luego otras de un tamaño algo mayor, y algunos leños después. Tomé el fuelle, lo introduje entre las oquedades y, al pronto, como cada día, brotó una llamita alegre que chascó la carrasca. Salí de nuevo al cobertizo a por un par de viajes de palos; no me hacía bien ir y venir con la corriente. Los primeros copos descendieron curiosos ante la mirada de un grupo de gorriones acurrucados sobre el cable eléctrico que atravesaba la calle en diagonal. Me resguardé; la lumbre estaba prendida y todo llamaba a pasar la mañana en compañía de un libro. Calenté agua en el puchero y puse un poco de té de roca, boldo, té verde, alcachofera y tomillo; un brebaje depurativo que ideé con el tiempo y cuyo sabor amargo e intenso había evolucionado de hábito a manía. Aproximé al fuego la mecedora con asiento y respaldo de rejilla en la que pasaba largos ratos y elegí *El rumor del oleaje*, escrito de forma magistral por el japonés Yukio Mishima, uno de mis autores predilectos. Tenía el encanto de la cosa pequeña: su forma de describir el amor entre dos jóvenes, esa interpretación velada de la justicia en el mundo, del equilibrio final entre pobres y ricos.

Habría transcurrido algo más de una hora cuando escuché de pronto el ruido de un motor al ralentí, extraño por novedoso. En los pueblos se conoce el sonido distinto de los diferentes motores y se sabe quién pasa sin necesidad de verlo. El tractor de Manuel, el todo-terreno de Chicho, la moto de Pepe, o el camión del frutero ambulante. Paró el propulsor y mi sorpresa fue aún mayor. No se trataba de ningún despistado que hubiera de dar la vuelta, sino que alguien había elegido mi calle como destino de su viaje. Dejé el libro en el escalón del hogar junto al vaso para la tisana gastada. Vertí un puñadito más de té de roca en el puchero caliente, me abrigué, y dispuse mis pasos al encuentro de aquella extraña presencia. Allí se encontraba, en medio de la calle, a unos pocos metros, un coche de color claro, parcialmente oculto tras la cortina de copos de nieve que caían sin cesar. En su interior se adivinaba la presencia de una mujer. Me acerqué apoyado en la cellisca, con el rostro y la barba lo más cubiertos posible para evitar sus gélidos y húmedos zarpazos. Absorta y en aparente calma, encontré a una joven con las ventanillas bajadas, perpleja ante la bucólica escena que entumecía mis huesos.

Entonces fue que escuché de sus labios por vez primera el nombre de María. Se trataba de la nieta de mis difuntos vecinos, Consuelo y Eduardo. Yo hacía las veces de guardés de la casona medianera a la mía. Le daba una vuelta de cuando en cuando, así que le ofrecí la llave como hacía con sus tíos cada vez que acudían al pueblo. De sus padres no sabía nada, aunque los recordaba. La invité a ponernos a cubierto del intenso frío. Ella me contó, con cierto rubor, que acababa de ser despedida de su empresa. Aparentaba mostrarse como una mujer moderna, hecha a sí misma. Una de esas personas confundidas por un éxito efímero, poco acostumbrada a escuchar. Seres diestros en el arte del egoísmo más puro, embriagados por el siguiente puesto en la escala de mando y desnortados con los golpes que, de cuando en cuando, jalonan el camino. Recuerdo que se quitó el abrigo ante mí para dejar desnuda aquella mirada miedosa en la que adiviné el deseo de ser amada. Sus manos temblaban ateridas y se entrelazaban buscando aliento a la altura de los muslos, que quedaban parcialmente cubiertos por la caída de un enorme jersey de cuello vuelto. Su mirada trató de evitar la mía. Fue así que pude contemplar con calma los rizos de su pelo castaño, entreverado de mechas algo más claras. La cara, muy pálida, contrastaba con el marrón intenso de sus ojos, apoyados en el lívido contorno de la parte inferior de sus párpados cansados. Aprecié sus pómulos vergonzosos, incapaces de ocultarse ni de encubrir los encarnados labios que María se mordía ligeramente, hipnotizada por la lumbre.

–¿Quién eres? –me interpeló de pronto.

–Soy un hombre feliz –repliqué sin pensarlo mucho. Aquella respuesta formaba parte de la defensa cultivada durante años con la intención de esconder la realidad de mi vida, incluso a mí mismo.

Nos sentamos y, tras un breve silencio, comenzó a relatar la crónica de su biografía. Vomitó incesantemente un episodio tras otro. Trató de enmendar errores pasados, despojada del irreflexivo manto de hipocresía a modo de hábito en que refugiarse. No lo necesitaba ante un desconocido dispuesto a servir de paño a aquel acto de contrición sobrevenido. Afirmó que pretendía regresar a Madrid tras la nevada, pero algo me decía que se quedaría conmigo. Por algún motivo supe que, a la puerta de mi casa de una fría mañana de invierno, había encontrado una amiga.

En efecto, tras la duda de los primeros días, María decidió permanecer en el pueblo una temporada. Le sugerí que necesitaba leer y pasear en silencio hasta encontrarse a sí misma. Todo ser humano nace destinado a buscar su *dharma*, la conciencia pura de lo que es. Resulta importante hallar el sentido de lo que se hace, buscar el compromiso con lo más íntimo del ser. Nuestro mundo fomenta el logro personal a costa del de los otros y el camino a la felicidad pretende fraguar en vano en el más opuesto de los sentidos. El gozo reside en el regalo que suponemos para los demás, en el descubrimiento del arte de encontrarse, en la generosidad que regresa multiplicada, en la compasión que nos hace uno con el otro y con nosotros mismos.

Transcurridos unos meses, María sintió miedo ante el regreso inminente de su familia para disfrutar de unos días de asueto. Le agradaba la soledad y no quería abandonarla sin terminar la tarea de conocerse un poco mejor. El mero hecho de saberse vulnerable constituía un gran paso. Además, no sabía qué haría yo si mi amiga me abandonaba, así que hablé con los vecinos para cederle una cabaña de madera en buen estado, aunque abandonada, que el pueblo había regalado otrora a una monja eremita. Un buen día, al alba, aquella anciana mujer con la que pasé buenos momentos de conversación se fue para siempre dejando grande el hueco en el alma y fresca la herida que me acompaña desde antaño.

Me contó María, transcurrido un año, que había tenido un sueño en el que sus abuelos difuntos esperaban en el madrileño Parque del Retiro para recibir un ejemplar firmado de su primera novela. Quiso entonces contar al mundo lo acaecido. Decidió desnudar su alma durante tanto tiempo escondida. Pidió ayuda y eso me llenó de alegría; un proyecto juntos, al fin algo con sentido dispuesto para acompañar mi último trecho del camino. Lo que no sabía entonces es que María escribía de aquella manera y que el oficio que yo siempre ejercí de forma clandestina vería la luz a través de la pluma de mi amiga. Descubrí entretanto, que lo esencial para el arte de contar historias es tener algo que compartir; tal vez por eso nunca me atreví a intentar publicar nada de cuanto yace escrito en las estanterías de mi pequeño cubículo. Acaso ocurra que no he osado plasmar aún la única y verdadera historia que merece la pena ser contada de las que componen mi lastimosa existencia.

A medida que la ópera prima de María brotaba de las entrañas del mundo, supe que había nacido para ver la luz y ser mostrada más allá de los confines del valle que la engendró. Recordé entonces una época en la que conocí a Shaida, una joven editora que por aquel entonces me visitaba de cuando en cuando en la sacristía en la que yo servía como sacerdote. Su nombre de pila para el vulgo era Beatriz. Fui de los pocos a quienes ella hizo el honor confesar que su padres la llamaron Shaida. Era una mujer pequeña, de sonrisa generosa. Sus ojos, como luceros al alba, me enseñaron a leer el velado misterio del lenguaje femenino. Morena y bella, hicimos amistad con motivo de mi interés por la lectura y de su afán por colocarme las últimas novedades para la catequesis o el salón parroquial. Vivía adherida a un cigarrillo que pendía de entre sus gráciles dedos sutiles y largos. No solía encenderlo durante largo rato, hasta que se percataba de su existencia. Una mujer fuera de su tiempo con un nombre fuera de lugar. Antes de marchar ya deseaba su regreso, así que procuraba que una cita no terminase sin apalabrar otra para unas semanas después. Triste el consuelo para un célibe demasiado tentado al desacato, tarea nada sencilla ante el roce involuntario y casual de sus piernas con las mías bajo la mesa. Sus zapatos blancos de aguja se descolgaban de los talones, pendían del empeine y se mecían dejando a la vista el sugerente talón curvo de Beatriz. Recuerdo uno de sus trajes; uno de pantalón marino y chaqueta a juego con pespuntes blancos en la solapa. Me entusiasmaba vislumbrar el bordado calado del ceñidor de un pecho que asomaba por entre la abotonadura de sus camisas. Intuía que ella también sabía de mi avieso deseo; supuse que le divertía en momentos en los que ladeaba su melena y se acariciaba el cuello a un lado y otro despaciosamente. Cosas que un cura nunca cuenta, salvo que lo haya perdido todo, incluida la vergüenza. Supuse que también yo podría ser considerado una obra de Dios, aunque tal vez una no muy afortunada...

Pedro y los apóstoles fueron hombres casados, me decía. Hasta el siglo IV, bajo los concilios de Elvira y Nicea nada impedía amar a una mujer y al mundo. Sabemos que en la Francia del siglo VII la mayoría de los sacerdotes estaban casados y, un siglo después, San Bonifacio cuenta al papa que en Alemania casi ningún obispo era célibe. En el siglo XIV, otro obispo, Pelagio, reconoció que las mujeres fueran ordenadas y administraran confesiones, y en el XV la mitad de los sacerdotes vivían en matrimonio. Siglos de discusión con un último capítulo protagonizado por Juan Pablo II, quien afirmó que el celibato no era esencial para el sacerdocio ni una ley promulgada por Jesucristo. Idas y venidas a vueltas con el sentido común que a mí me alejaron del amor. Yo también fui presa del miedo y la culpa con la que unos pocos se apoderaron de la voluntad de las almas del orbe. El beso soñado que nunca existió, imaginar unos párpados dormidos a mi vera y una mano entrelazada con la mía. Todo ello se erigía en el efluvio de lo que pudo haber sido y no fue sino una pieza más del anacronismo en el que siempre anduve envuelto. Al menos, la sensación de pecado que me abatió por un tiempo cesó ante la creencia sincera de que no existe mayor falta que la de vivir a la contra de la verdadera naturaleza del hombre. Así lo expresaron los padres del desierto antes de que su mensaje fuera sesgado adrede en el nombre de Dios.

Tantos años después, no sabía si Shaida –Beatriz– viviría aún o si el tabaco habría cumplido ya su macabro empeño por matarla, pero debía intentarlo. María necesitaba que su obra fuese editada. Me puse en contacto con ella en la esperanza de encontrarla en el mismo lugar y dedicada aún a la sacrificada tarea de editar libros. He evocado en tantas ocasiones aquella carta, que tal vez pudiera residir íntegra en mi memoria:

Estimada Beatriz, mi querida amiga Shaida,

Son tantos los años y tan escaso el cultivo que presto a la amistad con que me honras, que tal vez ocurra que hayas olvidado con justicia mi existencia.

He dado así cumplida cuenta a mi deseo de abandonarlo todo y eso te incluye para bien de tu alma y merecido castigo a mi cobardía.

Verás, desconozco si esta misiva llegará a su destino y si tus ojos se deslizarán por sus líneas, pero me siento obligado por los hados a tratar de informarte de que existe un manuscrito que debes hacer tuyo, si es posible.

Cuentas en todo caso con la ventaja de saber que no es mío, o no del modo en que se comprendería como propio en un caso al uso.

Tu amigo siempre,
Enrique

Parco en palabras y avergonzado por abusar de la confianza de una de las personas que me quiso bien sin recibir ni el más nimio detalle a cambio, eso fue lo escrito. He de reconocer, además, que en el momento de dirigir mis pasos al buzón de correos situado junto a la desvencijada puerta del ayuntamiento, las manos que asían la carta dudaron de si dejarla caer en las fauces del león de bronce que todo lo engulle en Valdeavellano o si regresar a casa y mantener a María a buen recaudo. Recordé entonces, al pasar junto al pilón que centra la plaza, la frase de un joven mejicano llamado Andrés Castura-Micher y confié en que me era enviada por el cosmos que gobierna el destino de toda alma que se precie:

«Te estoy tejiendo un par de alas. Sé que te irás cuando termine... pero no soporto verte sin volar».

De todas las frases creadas por el hombre, pensé, era esa precisamente la que eligió acudir a mí y postrarse solícita a ser atendida. A los pocos días, Guadalupe, la recia cartera de sobrio carácter como pocos a quien yo llamaba cariñosamente Lupita, gritó mi nombre desde la calle. Supe que el eco de su voz portaba el adiós de María y el regreso a la añoranza por su vuelta, si alguna vez se producía.

La noticia de que en Madrid había una editora esperando conocerla y dispuesta a publicar su novela dibujó en el rostro de mi joven amiga una indefinición que no fue capaz de esconderme. El deseo de ser otra mujer, la de verdad, se abría paso a cambio de abandonar la aldea en contra de su voluntad. La casa en la montaña se había convertido por entonces en su hogar; parecía haberlo sido siempre aunque tan solo unos pocos meses hubieran sido testigo de su presencia. Prometió que regresaría, y así lo hizo de cuando en cuando, aunque de la última partida hubieran pasado ya casi seis meses sin el más mínimo rastro.

Mi cuerpo endeble no aguantaba desde hacía tiempo la misma postura *ad eternum* por cómoda que esta fuera. Agazapado en la cuneta, cambié la apoyatura de los muslos dormidos mientras rememoraba, como cada tarde, los momentos vividos junto a María. La paciencia que deberían haberme entregado los años se veía derrotada cada día por el anhelo de volver a verla. Una mañana de primavera de un día cualquiera, tres meses después del inicio de su creación, tomó su *Mini* color perla y partió al encuentro de Shaida, su flamante editora. La calle había adoptado al vehículo como un elemento más del escaso mobiliario rural, pero yo sabía que un día se pondría en marcha y la arrancaría de allí. Se desperezó despacio, hizo varias maniobras hasta volver sobre sí mismo en la angostura, y regresó sobre sus pasos. María sacó el brazo y yo ya solo percibí su contorno al otro lado de los cristales.

Presentó su novela y concedió unas cuantas entrevistas que seguí con atención en la distancia. No sería, sin embargo, el impulso inicial el que me devolvería al ostracismo, sino el eco de cada lector conmovido, el vuelo del alma valiente y por eso desnuda de María, que ya no era mía sino del orbe. Quise en vano asirla, como es ilusorio el intento de detener el viento, igual que es infundado el afán por recoger la lluvia en un par de manos vueltas al cielo en forma de cuenco permeable e incapaz.

No obstante, María anheló la aldea y volvió transcurridas unas semanas. Era bien cierto que yo no la esperaba, pero ella se había acostumbrado al silencio y a la escritura, y no podía pasar sin el uno y la otra. El ser humano que halla su *dharma* desea dedicarse a cultivarlo por encima de cualquier otro asunto. Si el mío hubiese sido encontrar a María y mostrarle la senda correcta, podría haberse dado el caso de que todo estuviese cumplido, o fuera esa tal vez la causa de que soportase su ausencia tan solo a duras penas.

La primavera de aquel año desplegaba su vestido cromático y gustábamos de pasear juntos por uno u otro lado. Una tarde fui a buscarla a su casa, al pie de la montaña, y le sugerí atravesar por Las Balsas hasta dar con el camino que sube a la ermita de Las Espinillas en la Sierra de Tabanera. Nos sentamos en el paraje denominado Chirbital. Contemplamos el azul grisáceo del espliego que calma el cuerpo de noche y el alma de día y se hibrida con la lavanda para prestarle sus hojas lanceoladas que protegen su aroma a cielo, a nube y a río. Jugueteaban nuestros dedos con el blanco y amarillo de la magarza. Observamos en lo alto algunos abedules con su traje nuevo y pensé en su origen sánscrito, *bhurga*, «árbol para escribir», y me alegré de apreciarlo junto a María. Un arrendajo, pardo y rosa, rechoncho como todos, imitaba múltiples sonidos y trataba de mutilar con su vuelo corto e irregular la paz que nos envolvía.

De pronto, la menor de las campanas de la iglesia irrumpió con un sonido corto y seco, luego otro más, y a cada repique respondía un vacío equivalente. Elevé el gesto al firmamento y supe que el bueno de Roque, el esposo de Inés, se había encontrado con su última hora y nos había dejado para siempre. Era reconocido como el orgulloso padre de Emeteria, Pedro, Cristina, Isidoro y Virgilio. Su último estertor llevaba días acechando. Miré de reojo a María y traté de comprobar si sabía que ese clamor era el que se usaba en el pueblo para anunciar que algún vecino había muerto. La cabeza agachada entre los brazos, las manos empujándola al suelo desde la nuca, y un sollozo casi imperceptible, hablaron por ella.

–Hace dos días que conversé con él, cuando fuimos a visitarlo, Enrique. Desgranó algunos pasajes de mi novela con asombrosa lucidez. No es posible que ya nunca más pueda verlo. Su copita de moscatel entre los dedos, su sonrisa siempre amable, la verruga en su frente clara, su ánimo por contar sus tiempos mozos, el porrón de vino presidiendo el centro de la mesa forrada con hule... –reprochó mientras rasgaba un pequeño haz de hierba y lo lanzaba a un lado con desprecio.

–Es la vida, María –argumenté–. Unos vienen y otros marchan. Así ha sido desde el origen de los tiempos y de ese modo ocurrirá también con nosotros. Cada fallecimiento es una ocasión para reflexionar sobre el misterio que lo circunda todo. A cada nacimiento corresponde una muerte y esos son los verdaderos opuestos. La vida envuelve ambos momentos, por eso sé que la vida es eterna.

–Pensaba que lo había aprendido todo al hallar mi *dharma*, Enrique. Ahora intuyo que el camino no ha hecho más que comenzar. Deseo escribir a la muerte –sentenció convencida–. Cuéntame sobre el fin de mis abuelos, sobre el de aquellos que has conocido. Dime si la temes, o si la esperas o la obvias.

–Mi querida María, ante ti se halla la pregunta esencial, el gran misterio del cosmos. Pero la respuesta no has de encontrarla aquí. Los vecinos de esta aldea, como tus abuelos, fallecen longevos. Hay otros lugares en los que mueren los niños, unas almas viejas y sabias con los que estás llamada a encontrarte. En los tiempos de sacerdocio compartí mis días con personas moribundas. Los niños son moribundos especiales; más que a morir en paz, nos enseñan a vivir en paz. Ellos conocen su última hora mucho mejor que los doctores; es algo sorprendente. Saben que nada de cuanto les ocurre es negativo, sino una inmejorable oportunidad para que su alma crezca. No son infantes de éxito a los ojos del mundo, pero son importantes para el Dios de todos los tiempos. Debes marchar de nuevo, María. Has de visitar un lugar en el que la naturaleza, la belleza y el arte, conviven con el dolor de los hombres. Te debes fundir por un tiempo con la energía única, origen de todo, que une a las personas y nos trasciende. Has de escuchar tu propia voz, la sabiduría que reside en tu interior, que conoce mucho más de ti que tú misma. Se abrirá así tu consciencia a la certeza de que tu cuerpo también es polvo destinado a ser esparcido al viento –repetí tras una breve pausa. No quería volver a separarme de María, pero no tuve otro remedio.

Sucedió que hacía unos años que acudía a Valdeavellano de vez en cuando un extraño personaje llamado Julián. Un hotelero alto, flaco y desgarbado, que amaba el desierto, lejos del bullicio de las urbes y de los viajeros que le procuran sustento. Construyó uno de sus establecimientos en un lugar llamado M´Hamid, en la puerta del inmenso Sáhara. De vez en cuando partía allí y, de cuando en vez, visitaba nuestro valle. Compartimos buenos momentos y fraguamos una sólida amistad. Yo nunca viajé al desierto, pero a decir de quienes sí lo han hecho, es allí, en medio del silencio y la miseria, donde el ser humano se encuentra con la presencia de la comunión fértil que nos circunda. Es en el descenso a las profundidades del servicio a nuestros hermanos donde se nos presenta con más claridad nuestra esencia infinita. Comenzó María a pergeñar una historia y esbozó algunas ideas mientras me puse en contacto con aquel hombre. Nos desaconsejó viajar en el verano que llamaba a la puerta y señaló una fecha aproximada unos meses después. Le pedí que sugiriese el mejor modo de viajar, con el consuelo de que aún recibiríamos juntos el otoño. Nos informó de un vuelo a Ouarzazate, una pequeña ciudad situada al Sur de Marruecos, a finales del mes de octubre. Busqué en unos cuantos libros y en alguna guía de la biblioteca del pueblo y descubrí que el significado de ese extraño nombre es «sin ruido», así que pensé que no se trataba de un mal presagio. Ouarzazate es también conocida como el Hollywood de África por los estudios que allí existen y por la serie de películas que nacieron al borde de la nada. De algún modo yo también la había visitado entonces.

Leímos juntos sobre el lugar que esperaba a mi joven amiga, zambullida en un mundo lejano y misterioso, ávida por conocerlo. Escribía cada día muy de mañana y en las tardes departíamos durante el habitual deambular por cada rincón de nuestro pequeño lugar en el mundo. Los meses transcurrieron raudos. Las primeras hojas comenzaron a cubrir la pradera y conformaron un manto dorado, jaspeado y quebradizo a nuestro paso.

Llegó el día y María volvió a marchar con un borrador casi completo de su segunda novela bajo el brazo. Shaida estaba al tanto del devenir de los acontecimientos y aguardaba con impaciencia el segundo manuscrito. Pasó un año largo, durante el cual recibí algunas cartas de María. Las leí con codicia desmedida, las engullí una y otra vez; la echaba de menos desaforadamente. Supe del desgarro que le produjeron aquellos lejanos parajes y sus gentes humildes y generosas, conocí que escribía aún, convertida en un simulacro de enfermera de campaña. Me dijo al fin, días antes de Navidad, que había decidido regresar a Madrid para concluir su historia.

Me inundaron unos aviesos celos que había creído esquivos a mi vida. Reconocí su punzada de inmediato. María no me enseñaría el documento antes de entregarlo a su editora. El tiempo había hecho mella y mi joven discípula volaba sola. Hacía unos meses que había vendido su casa en la capital; alguna pieza del puzle no encajaba y temí ser yo. No la esperé por Nochebuena porque sabía que atendería a sus padres, separados desde hacía años. Una visita por la noche a uno, y la mañana siguiente a la otra, conformarían el insípido ritual previsto. Sin embargo, al día siguiente de Navidad, hacía seis meses justos, María se presentó en casa por sorpresa. Recuerdo su cuerpo enfundado en un abrigo blanco de punto, los amplios rizos de su pelo castaño en desorden afanados por ocultar el rostro. Invoco aún sus ojos quietos, el brillo de su pupila titilando en el reflejo del hogar recién prendido. Bajo el brazo, un tomo de páginas cubierto por tapas de cuero azul oscuro y una sonrisa serena, sutil, grácil, me devolvieron de pronto la existencia.

–¿Pensabas que no serías el primero en leer mi obra, viejo amigo? –preguntó inquisitiva.

–Hace tiempo que decidí dejar de pensar; harás lo que te venga en gana. Reconozco, en todo caso, que de vez en cuando practicas la sana costumbre de hacerme muy feliz, mi joven pupila –respondí con renovado gracejo.

De la mañana a bien entrada la tarde, desgranamos juntos su experiencia en los lejanos parajes africanos. Ya de noche, nos percatamos de que la casa de María estaba aún cerrada y que, de no caldearla, dormir entre sus cuatro paredes sería poco menos que una hazaña. Partimos agazapados por el frío, vigilados por alguna de las farolas tristes que señalaban las calles. Abandonamos el pueblo y noté como María apretaba más y más mi antebrazo, aterida. Algunos bucles de su pelo acariciaban levemente una de mis mejillas y me transportaban al edén. Percibí el castañeteo de sus dientes y la respiración honda cada vez que intentaba pronunciar palabra. Ya en el prado que acoge la cabaña de madera de la joven, con el único abrigo de una espléndida luna llena, seguimos el sendero formado por el ir y venir de mis pasos y de los de ella hasta su marcha. Abrimos y una vaharada helada nos dio la bienvenida. Nos pusimos en marcha como si se tratase de un compás previamente entrenado y, al poco rato, aquel pequeño enclave en la falda de la montaña se había convertido en un lugar habitable. Un caldo y unos huevos pasados por agua sirvieron de frugal sustento antes de compartir un té sentados a la vera de la chimenea. Una andanza del viaje daba paso a otra y parecían no tener fin, pero intuí que algo quedaba en el regazo del alma de María; algo sobre lo que no me arriesgué a inquirir.

La noté cansada por el viaje desde Madrid. Sus reiterados bostezos sugerían que debía dejarla hasta el día siguiente. Sin embargo, la avidez por escudriñar cada página de la novela recién traída me compelió a aceptar la oferta recibida un rato antes para quedarme. Decidí velar su sueño y leer entretanto. María fue camino del aseo, situado al fondo. A los pocos minutos, la estrecha puerta arrojó un halo de luz que envolvía su excelsa silueta. Los pies descalzos sobre las tablas servían de peana al cuerpo que se adivinaba sutil bajo un camisón largo y recto de seda plateada, manga larga y escote redondeado y amplio. La piel dorada del cuello y el pecho se fundió con la melena suelta recién cepillada. Se acercó despacio y derramó un beso con olor a heno y sabor a pradera sobre mi frente. Volvió sobre sus pasos, meció la casulla de encaje y se introdujo en el cobertor de la amplia cama que presidía el centro de la estancia. El rastro de sus labios quedó prendido a mi piel. Tomé el manuscrito situado sobre una mesa de roble, a la entrada. La arropé hasta la barbilla y acaricié uno de sus hombros. Avivé las llamas con unas tenazas, pincé una de ellas para prender un velón y la solté de nuevo en el fuego. El macilento hilo de luz a mi lado bastaría para alumbrar la novela. Tomé asiento en un sillón de felpa marrón, me cubrí con una manta a cuadros y comencé a devorar una tras otra las páginas que abrían por vez primera su alma ante mí.

La historia devino bien distinta a las notas tomadas antes del viaje. Disfruté mucho con la lectura. Sentí que la vida y el alma de aquella joven quedaban en mis manos, que podía aferrarlas, que aquella noche no pertenecerían a nadie salvo a mí. La respiración pausada de María bailaba con el crepitar de la leña al fuego mientras yo desgranaba, poco a poco, un mensaje escrito para el mundo. Deseaba poseerlo solo, preso de un vano impulso egoísta. Lo que la escritora me había ocultado durante todo el día anterior quedaba escrito. María había regresado enamorada.

El tiempo pareció detenerse cuando, de pronto, un tímido rayo de sol se deslizó entre el horizonte montañoso y la parte superior del ventanal situado a la entrada de la cabaña. Apagué la vela y permanecí aturdido, confuso ante la felicidad que provocaba el bien para quien tanto había querido, y la presencia inconfundible de unos celos incomprensibles a mi edad. Permanecí quieto mirando la forma elevada del contorno de su cadera entre las sábanas. Oteé lejanas imágenes de un lugar y una gente que jamás me pertenecerían. Uno de sus brazos testó la temperatura exterior y la despertó. Trató de abrir un ojo que me buscó oculto tras su alborotada pelambrera.

–¡Pero no has dormido, Enrique! ¡Madre mía! –dijo mientras devolvía el brazo a cobijo–. Hace un frío que pela, hombre. Vas a coger un pasmo.

–La ocasión ha merecido la pena. Enhorabuena, María. Tu obra me ha conmovido y eso ya no es tan fácil que me suceda –respondí mientras me levantaba a calentar un poco de agua para el desayuno–. Soy muy feliz cuando tú lo eres –continué a modo de confesión a calzón quitado–. La llegada del amor a un corazón sediento riega las entrañas y el alma con la savia que necesita todo ser humano que aspira a la plenitud.

–¡Qué sabrás tú del amor y de si estoy enamorada! –espetó ella de pronto sin saber que el puñal más aguzado no me hubiese hecho tanto daño.

–No sé quién te supones para juzgar lo que sé y lo que no –respondí airado–. No me digas que tú también eres de esas que se acobardan ante la llegada del vendaval, de esas que se ocultan a lo inevitable. Que tengas un buen día, María. La novela es muy buena.

Me levanté de pronto, dejé caer el manuscrito sobre la cama y cerré la puerta tras de mí sin despedirme. Bajé la cuesta a trompicones; el odio y la rabia enloquecían en mi cabeza, el corazón quería salirse del cuerpo. No sentí el frío, ni sé si me crucé con alguien al alba. Tomé un sacho apoyado en la cerca de mi huerto y comencé a cavar con tanta fuerza como pude. La tierra helada se quebraba convertida en hojaldre y la negritud asomaba de su esencia escondida. Arrojé a un lado y a otro las ortigas sin percibir su comezón. Jadeé cólera, vomité furia encerrada, caí de rodillas con un golpe seco, alcé las manos y supliqué al cielo que cesara el sinsentido de mi existencia.

El maldito aparato de música, programado por un temporizador para encenderse al alba, zahirió con colosal sorna el certero mensaje, tantas veces escuchado y no por ello menos veraz y cruel:

> *«... no hay nada más bello,*
> *que lo que nunca he tenido;*
> *nada más amado,*
> *que lo que perdí...»*

Al día siguiente supe que María había partido. Rendido al sueño, no la oí marchar.

* * *

Aquella otra tarde, como cada tarde, seis meses después, esperaba su regreso postrado al borde de la carretera. La esperanza de volver a verla y de poder explicar mi arrebato se desvanecían poco a poco. El equilibrio de viejo pausado viajó con ella; la desazón y la ira siguieron a la vehemencia de mis actos. Un malhumor crónico se hizo cargo de mis días y de mis noches. María vivía con un desconocido y la casa en la montaña se había quedado sola. No podía sacar de mi cabeza aquella idea ni un segundo. Cuantos más intentos hacía, antes regresaban los fantasmas, tan infundados como inconfesables.

Absorto en devaneos mentales que flirteaban con la posibilidad de revivir el último día con mi amiga, percibí de pronto el eco de un sonido lejano y grave que de un modo paulatino y constante se agrandaba en el valle. Recostado al borde de la calzada, incapaz de ser aupado por mis piernas dormidas, alargué cuanto pude el pescuezo y aguardé como un chiquillo, fijo en la curva lejana, los instantes que precedieron la visión del color crema, de los ojos grandes y redondeados con forma de faro del coche de María.

–¿Así me esperas, tirado en el suelo, después de tanto tiempo? –anunció con la cara asomada hacia abajo por la ventanilla contraria a la suya.

–Llevo mucho rato en la misma postura y no me puedo mover –respondí humillado ante el destino que jugaba conmigo y a merced de mi amiga–. Ya podías dar la vuelta y ayudarme a mover el culo, si no es mucha molestia.

Primero de lado, y con un movimiento giratorio hacia la izquierda después, logré introducirme en el pequeño habitáculo. Cerré la puerta y se inició la marcha. El silencio me ahogaba; no sabía qué decir, ni si debía pronunciar palabra. Fue ella la que disparó primero

–¿A tu casa o a la mía?

–¿Acaso importa? –manifesté.

–La verdad es que no, Enrique. Hemos sido un poco tontos. Ojalá no vuelva a ocurrirnos. Eres muy importante para mí y no soporto que los días pasen sin saber que estás bien y que puedo acudir a ti, y que yo también te soy necesaria en cierta forma.

–A todos los que se quieren les ocurre alguna vez. ¿Cómo se llama él? –repuse sin atender su mensaje.

–¿Cómo se llama quién? ¡Ah! Alonso, se llama Alonso. Supongo que refieres a la persona de quien dices que me enamoré un día. No das tregua, Enrique. Genio y figura... –encajó un tanto contrariada.

–Me encantaría que me hablases de él. Es un tipo muy afortunado, a no ser que te empeñes en fastidiarlo. Sin embargo, antes debes escucharme. Nos hemos hecho sufrir mutuamente y esas señales deben servir de algo.

María detuvo el rumbo al borde de una pradera grande, un paraje denominado El Molinillo, entre Valdeavellano y Molinos del Razón, la aldea aledaña. La temperatura era muy agradable. El sol, guarecido entre algunas nubes que coqueteaban con las cumbres de la montaña, se había puesto, pero faltaba aún un rato hasta la anochecida. Entramos en el prado de Mateo y comenzamos a caminar en dirección norte. Hacía meses que el aire puro no limpiaba mis pulmones de aquella forma. Las hojas de los robles de las brañas contiguas sonaban de nuevo. Multitud de gorriones festejaban nuestro encuentro y revoloteaban nerviosos a su descanso. Quedamos cubiertos hasta las rodillas por un mar de alfalfa y caminamos entre el frescor de sus hojas y el olor a hierba. Fue así como comenzamos de nuevo.

–Mi querida María. Supusiste que yo no sé nada de las cosas del amor y tal vez supongas demasiado, o tal vez no. En estos meses de ausencia y desánimo, he intentado convencerme de mi fracaso al respecto. Nunca lo había reconocido. Te aprecio tanto que no soporto siquiera atisbar que yerras. Aunque pudiera no ser quien en absoluto, te diré lo que creo que les ocurre a muchas personas, para su pesar.

»A veces se confunde amar a una persona con hacerla propia. Hay quien cree que pierde la libertad consustancial a todo ser humano desde el mismo instante en que se entrega a otro ser, y eso solo ocurre por el propio afán de posesión imposible respecto al otro. Los seres humanos temen ser engañados y huyen antes de caer en las fauces del amor, pero el amor es arriesgado y no conoce de normas, y es inevitable, y cuando llega ya no se marcha nunca.

»Buscan algunos la comodidad de una vida solitaria en la que nada haya que compartir, pero así no son las reglas del juego.

»No dejan las personas de hoy y de antes que el ser amado sea libre y suscitan episodios clandestinos sin percatarse de que son tan necesarios como los otros. De unos y otros se alimenta el alma para seguir amando. El amor y el desamor son la misma cosa; van de la mano del ser dispuesto a vivir, si es que se puede hacer otra cosa sin sentirse tan desdichado como tu amigo Enrique, María.

»Intuyo que no deseas amarrar tu vida a una sola persona por mucho que la quieras, y esperas no ser juzgada por ello. Sin embargo, quien te ame, si es de veras, sabrá que no debe invadirte, ni culparte, ni juzgarte. No te exigirá nada que no estés dispuesta a ofrecer. La magia del amor se alcanza cuando expreses lo mismo a la inversa; solo así es posible convivir con otra persona para siempre. Es a eso a lo que algunos se refieren como «la magia del amor».

–No es ni guapo ni feo –avanzó ella con cautela–. Llegó a mi vida en pleno desierto. No me fijé en él hasta intuir que su mirada no era como las otras. Tuvo un accidente en una excursión que compartimos y entonces sentí que no quería separarme de él; no quería que muriese. Estás en lo cierto, Enrique; no lo he reconocido hasta hoy. Se recuperó y acudí a visitarlo a mi regreso a Madrid. Hoy vivimos juntos.

»Es arquitecto y trabaja como responsable de la fundación de un grupo hospitalario. Su misión es acercar la salud a personas sin posibilidades de hacerlo por sus propios medios, fundamentalmente en lugares lejanos y sin recursos. Uno de los proyectos que tiene en la cabeza es construir un centro en España para recibir a jóvenes y procurarles un futuro entre nosotros. Yo pensé que el albergue del pueblo, ahora en desuso, podría ser rehabilitado y eso me ha servido de excusa para volver a verte.

–Sabes que para eso no necesitas ningún pretexto, María. A cada instante quiero estar a tu lado. Soy frágil y más inseguro de lo que muestro, pero te quiero bien. Me alegro mucho de que hayas vuelto y te pido perdón por el impulso pasado.

–Tal vez baste por hoy –sonrió sincera–. Verás, Enrique, yo he vivido la mayor parte de mi vida sola. Cuando el amor se presenta tardío, encuentra una buena pila de manías y un desmesurado gusto por lo cómodo, por no complicarse con nada ni con nadie. Romper ese caparazón no es tarea sencilla. Agradezco tu ayuda como desde el primer día que tuve la suerte de conocerte. Nunca podré pagar tanto cariño –concluyó.

En aquel instante me invadió un extraño sentimiento de gozo por la paz recobrada, confrontado con la sensación de pérdida inevitable de María. Ella debía recorrer un camino distinto al mío; nacimos en tiempos diferentes y debía aceptarlo. Otro anacronismo, como lo fue mi encuentro con su editora, y como algún otro antes ya casi borrado de mi memoria. Los primeros luceros en el firmamento limpio fueron testigos de mi silencio. El secreto que se fraguaba en mí y que nadie jamás podría conocer, portaba el gusto amargo de lo imposible junto al siniestro placer de amar en soledad. Supuse que desear lo imposible es otra forma de amor; la única que siempre tuve y que se hacía presente de nuevo con renovada impiedad.

–Me gustaría conocer a Alonso, María.

–Gracias, Enrique. Vendrá pronto.

Apretó mi mano en la noche estival y la luna grande y clara lo celebró en el cielo. El mar de alfalfa se mecía junto a dos seres solos, ante dos corazones palpitando al unísono con la sombra de los robles por testigo. El viento fresco del valle me regaló una caricia a modo de consuelo. Las aves reposaban en las ramas ocultas y eché de menos su trino. Regresamos al mundo y supe que el mundo seguía irreverente su curso. Y yo con él.

TERCERA PARTE

«¡Oh memoria, enemiga mortal de mi descanso!»

MIGUEL DE CERVANTES

Madrid, otoño de 2010

Bajé a la calle persuadida por Alonso. Nos habíamos emplazado en un lugar que frecuentaba años atrás y me disponía a acudir a la cita. Llevaba semanas sin salir de casa salvo para dar un ligero paseo o para comprar algún alimento en la tienda de ultramarinos situada a un par de manzanas de distancia. Los días menguaban deprisa en el breve otoño madrileño. Las acacias y los plátanos vestían sus mantos amarillos, más ralos de jornada en jornada, y descubrían los cubiles de urracas, carboneros y reyezuelos. Me detuve a pocos metros de la puerta y saludé a la estación que mejor maridaba con mi carácter. El cielo despejado había perdido la intensidad del verano; la temperatura era muy agradable mediada la tarde. Me apeteció arrebujarme en una rebeca ligera de hilo magenta que me había regalado mi joven amigo, pues supuse que le gustaría verme con ella. Los tonos rojizos y ocres, iluminados por los tenues rayos del sol, próximo al ocaso, ofrecían calidez al triste verde de las hojas más tardías. Una brisa ligera me rozó las pantorrillas y devolvió la imagen de una viejas medias olvidadas en el suelo del dormitorio. La tarde portaba el ajetreo acostumbrado. Grupos de chiquillos uniformados regresaban de la escuela acompañados por sus cuidadoras y raramente por alguno de sus progenitores. Algunos vecinos paseaban a sus perros durante los instantes necesarios para evacuar en la acera. Luego, víctimas humilladas por el progreso, recogían las deposiciones y las introducían en unas bolsitas negras. Los coches pitaban de forma intermitente a las atrevidas motocicletas o a los ciclistas suicidas. El semáforo que solía divisar desde mi ventana reiteraba su incansable ritual cromático y distribuía el tráfico con justicia programada. La húmeda fragancia de las hojas sobre la hierba fresca se incorporaba en aquellos días al áspero aroma de los setos de boj que circundaban la glorieta de mi querido Marqués de Salamanca. La madura melancolía de aquella estación me hacía bien y otorgaba una forma, como otra cualquiera, de llevar la contraria. Los menores niveles de serotonina en el cerebro favorecían la quietud interior y enmohecían mis oxidados recuerdos. Las ramas, parcialmente desnudas, resignadas a la intemperie, me provocaron una dulce ternura. Eran grandes y pequeñas, decadentes todas, marchitas por un tiempo.

Decidí tomar un taxi en dirección al número trece de la calle Eduardo Dato con bastante antelación. Cuando me atrevía a salir de casa, hace años, gustaba de pasear por el barrio de Chamberí y contemplar los ejércitos de palomas que revoloteaban en su plaza y se posaban en el coqueto templete que la preside. Rememoraba cómo, cuando era niña, jugaba a vigilar la llegada de otro Ejército, el francés, a la costa de Granada. Acostumbraba a recordar la presencia de Napoleón y los suyos en la Quinta del Marqués de Santiago. Desde allí lanzó el Regimiento Chambery, homónimo de una ciudad de Saboya, el ataque definitivo sobre Madrid. Constaté que no fueron siempre las denominaciones tan castizas como las pintaban. Dejé pasar unas cuantas lucecitas verdes sin llamar su atención; saber elegir bien el conductor me parecía un signo de distinción. Era agradable recrearse en ser capaz de intuir buena compañía, siquiera fugaz, a primera vista. Eludí un par de vehículos sucios que no despertaron mi confianza. Tampoco reclamé un tercero guiado por un hombre calvo y obeso con aspecto malhumorado. A los pocos segundos me decidí a alzar el bastón en dirección al que sería mi guía por unos minutos. Se detuvo y, antes de intentar introducir mi renqueante cuerpo en la parte trasera, ya se había situado junto a mí. Se trataba de un hombre fornido de barba torda, pelo canoso, muy tupido, y bien vestido. Me abrió la portezuela y supe que había acertado.

–Pase señora; dígame adónde quiere que la lleve.

–Muy cerquita hijo. Podría ir andando, pero dudo si llegaría. Debo acudir al restaurante Mazarino. ¿Lo conoce usted?

–Vamos allá –asintió mientras tomaba los mandos.

El vehículo sorteó la plaza del Marqués de Salamanca hacia la izquierda y abordamos la calle José Ortega y Gasset en dirección a la embajada americana, situada en la confluencia con la calle Serrano. A los pocos metros, una hilera de coches con la señal de freno encendida nos esperaba para alicatarnos tras ellos. Cuando el tiempo deja de importar, un atasco se convierte en *peccata minuta*. No debió pensar lo mismo mi chófer ocasional; pidió disculpas y me sugirió tratar de tomar otra vía o ayudarme a descender sin cobrarme por ello. Le pedí que continuase como si tal cosa. Llegaríamos de todos modos, antes o después. Tuve ocasión entonces de observar un librito de crucigramas en la guantera frontal y algún que otro adorno típico del gremio. Un ambientador colgaba del espejo central y bailaba a cada breve acelerón sin lograr disuadir la presencia de cierto aroma a tabaco. Sus manos eran grandes y bien formadas. Una se posaba en el volante, mientras la otra acariciaba con el dedo índice una plaquita blanca situada junto a una pantalla atestada de indicadores. En ella se leía «Aceña». Supuse que era su nombre, pero quise cerciorarme.

–¿Se llama usted Aceña?

–No es mi nombre, sino el apellido que me dio mi padre. Lo que pasa es que de niño me llamaban así, y así me he quedado. Para todos soy Aceña. En mi barrio, en San Fernando de Henares, en mi pueblo de Soria... en todos lados.

–¿Es usted soriano? ¡No me diga!

Recordé que Alonso me había dicho que su pareja, María, se había retirado a una aldea soriana. Hace mucho que no creo en las casualidades. El camino de cada ser humano se encuentra repleto de señales para quien se encuentra preparado para atenderlas. Deambulamos de forma inconsciente entre pistas y más pistas que se nos muestran solo cuando estamos listos. Yo llevaba demasiado tiempo sin percibir ninguna y no quise dejar escapar la ocasión. Me parecía divertido seguir esas huellas invisibles justo antes de encontrarme con Alonso.

–¿Cómo es su pueblo? –pregunté curiosa.

–Bueno, casi ni se le puede llamar pueblo de lo pequeño que es –continuó con los ojos fijos en otro lugar–. Nací en un valle a pocos quilómetros de La Laguna Negra, mucho más conocida. Está pegado a la provincia de Logroño. Me gusta mucho ir allí; yo nunca hubiera querido salir, aunque ahora me alegro de haberlo hecho.

–¿Y por qué se fue? Perdón –rectifiqué al punto–, tal vez le estoy importunando con tanta pregunta. Disculpe la curiosidad; no tiene que responder si no quiere.

–Sí sí, no se preocupe. Me ha caído usted muy bien –me aseguró con un vozarrón impetuoso y firme–. Verá señora, la cosa es que uno se enamora y un día pasa, y pasa otro, y así llevamos más de cuarenta años. Ella vino a Madrid y yo la seguí. Formamos una familia, y qué quiere que le diga, soy feliz. Paso muchas horas sentado al volante, pero me gusta conocer gente y calles nuevas, y saber un poco de todo.

La cuesta abajo nos dejó caer poco a poco. Unos minutos después tomamos a la izquierda la calle Serrano y, al poco, a la derecha esta vez, atravesamos el puente de Núñez de Balboa, con baranda sencilla de hierro pintado de un triste gris que sobrevuela el Paseo de la Castellana.

–Me alegro mucho por usted. Yo no supe hacerlo bien en las cosas del amor –afirmé como si ya no me costase trabajo confesar mi desdicha–. Después de muchos años, lo único que puedo hacer es congratularme por todas las personas que han sabido seguirlo. «Yo nunca acerté a hacerlo», repetí para mis adentros, evocando aquella montería, aquel día veintiséis que me perseguía despiadado y sobre el que, a buen seguro, seguiría hablando a Alonso un rato más tarde.

–¿Conoce usted el significado de la palabra «Aceña»? –inquirí de nuevo.

–Pues la verdad es que no. Nunca lo he pensado. ¿Usted sí lo sabe?

–Sí, hijo, lo sé. Una aceña es una acequia, un canal por el que transita el agua. De alguna forma, usted está siendo mi aceña al transportarme de un lugar a otro –bromeé–. Usted ha contado a una desconocida algo que forma parte de su intimidad. Yo también le he revelado mi secreto mejor guardado. Cuando me deje, será difícil que volvamos a vernos pero llevaré conmigo su mensaje y aquí también vagará el mío. Imagino a menudo la multitud de taxis que circulan día y noche como minúsculos confesonarios modernos. Son ustedes portadores de miríadas de embajadas que flamean en las pequeñas cápsulas móviles que recorren la ciudad de una parte a otra. Es bello el anonimato de personas como yo ante presencias como la suya. Es una pena que el caos circulatorio y el exceso de pasajeros distantes hayan aportado a muchos de sus compañeros una cierta antipatía. Me alegro de que usted sea distinto.

Otra rotonda, la de Almagro, nos abrió a la calle Eduardo Dato. A la izquierda, la parroquia de San Fermín de los Navarros; un poquito más adelante, en la acera de enfrente, nos detuvimos ante el destino acordado.

–Ha sido un placer poder traerla –me dijo–. Lo que acaba de decir, así, tan bonito, no se me olvidará tan fácilmente. A ver si se anima usted algún día y conoce Soria. Le gustaría mucho. Tenga una tarjeta con mi número de teléfono –afirmó mientras me devolvía el cambio y entrillaba un pequeño cartón entre los enormes dedos índice y corazón–. Por cierto, tanto indagar en mi nombre y no conozco el suyo –carcajeó de forma brusca y desacompasada.

–Me llamo Irene. Es usted un buen tipo. Cuídese mucho. Adiós, hijo, que Dios lo bendiga.

Recorrí los escasos pasos que me separaban de la puerta de Mazarino, un viejo lugar que conocí mediados los setenta. Acostumbraba a frecuentarlo con mi marido. A decir verdad, me refugié allí también con algún que otro conocido clandestino, pero esas son otras historias que ya hoy carecen de importancia. De todos modos, nunca me encandiló ninguno; la altura de mi perrero los situó a todos en una posición de desventaja inalcanzable.

Subí los dos escalones de la entrada y un amable camarero me abrió la puerta de madera maciza, cristal labrado y pomo bruñido. De pronto me sentí sumergida en otro tiempo y en otro mundo. Nada había cambiado en aquel lugar con aroma inglés, iluminación delicada y silencio. La marquetería de caoba cubría las paredes y la moqueta era aún corinto. Una hilera de mesitas bajas, lacadas en negro, se situaba frente a una barra de cuero acolchado, del mismo tono carmelita que los taburetes que la franqueaban, colocados en perfecto orden diagonal. Al fondo, antes de llegar al lejano espejo que agrandaba el espacio y minoraba mi figura, un grupo de vejestorios departía animosamente. Ellas lucían cabellos de tinte levemente morado recién peinado y broches añejos de un tamaño desproporcionado. Ellos trataban de camuflar sus barrigas turgentes y exageraban gestos sin perjudicar la pose de sus apretadas corbatas y sus chaquetas a juego. Avancé un poco, me apoyé en una de las sillas Luis XVI, se la adjudiqué a Alonso bordeándola, y tomé asiento en el sofá corrido situado al otro lado de la primera mesa. Frente a mí una escalera alfombrada protegida por una fastuosa balaustrada tallada y un pasamanos pulido por el uso, daba al comedor de la primera planta. Sobre ella vigilaba una enorme lámpara de bronce y cristal lustroso, testigo, desde su privilegiada atalaya, de entradas y salidas. A la derecha, al fondo, el techo se elevaba de golpe y alargaba el frontal para ubicar un retrato del cardenal Mazarino, un poderoso italiano del XVII que llegó a ser Primer Ministro en Francia y que daba nombre al local.

Los camareros vestían camisa blanca y pantalón y corbata negros. Solo Pruden, el *maître*, lucía chaqueta negra. Se acercó a saludarme, aunque no me reconoció. Me presenté y él extendió con afecto sus dos manos alrededor de mis codos. Departimos cariñosamente; pareció alegrarse. Me contó que estaba a punto de jubilarse, igual que Antonio, el gitano limpiabotas que ofrecía, además, tabaco y lotería a los clientes. De antaño tan solo quedaban Pablo y Manuel; el resto de la plantilla era nueva, aunque conservaban el trato excelente del pasado. Don Sebastián, su amanerado dueño, había fallecido. Me vi entonces sorprendida por la presencia de Alonso junto a nosotros. Traté de incorporarme para saludarlo, pero ambos me lo impidieron. Pruden estrechó la mano del muchacho, que parecía algo sorprendido ante la inesperada deferencia, y apartó la silla para ayudarle a tomar asiento. Vestía pantalón vaquero, camisa de cuadros azules de tamaño exagerado y un suéter azul marino. Había cambiado de gafas, a juego con el atavío, y mostraba un aire remozado. Se acercó a nosotros una camarera mulata con el pelo estirado hacia atrás. Desprendía un agradable olor a frambuesa y gardenias que le iba muy bien a su sonrisa. Colocó dos posavasos de cartón lobulado para cada uno y solicitó la comanda.

–Pónganos dos licores Mazarino, por favor –me adelanté antes de que Alonso pudiera decir palabra–. La tarde promete emociones fuertes.

Se trataba del secreto mejor guardado del lugar. Un cóctel servido en una delicada *coupette* de cuello delgado con la parte superior abierta. Una enigmática mezcla de licores oscuros en contraste con una densa capa superior de nata montada y canela. Resultaba suave al paladar, aunque solo apto para almas avezadas en la ingesta de alcohol.

La sucesión de prolegómenos no daba tregua para la salutación deseada. Consideré en todo caso que Alonso y yo nunca nos encontrábamos separados, a pesar de que mi amigo hubiese recorrido varios países en los dos meses largos acaecidos desde nuestro último encuentro.

–¿Cómo estás Irene? Me alegro mucho de verte. Te hace bien salir de casa, te noto muy guapa.

–Tú tan galante, mi querido amigo. Estoy como siempre. Me agrada que hayas conseguido desprenderme de mis cuatro paredes; no todos mis pretendientes lo logran. –Esbocé una ligera sonrisa. Me encontraba a gusto–. ¿Por dónde paras?

–No paro quieto, Irene. A los pocos días de mi visita a tu casa, marché a Marruecos. Tu mecenazgo ya está casi listo. Hemos asistido a los primeros partos en el nuevo centro de salud. El problema mayor, más allá del burocrático, es que los maridos nos dejen ayudar a sus mujeres fuera de sus hogares. Faltamos así a una tradición inmemorial, pero los convencemos curando sus propias dolencias a cambio. Es nuestro primer proyecto juntos, Irene. A mi regreso partí a India, a la capital de Maharashtra. Allí trabaja una organización llamada *Sonrisas de Bombay*, dedicada a tratar de abolir la pobreza en los *slums* de chabolas de aquella caótica ciudad portuaria. Defienden los derechos de los más necesitados. Inciden en su educación y en sus condiciones de vida. A mí me gustaría echarles una mano en asuntos de salud.

»Por otro lado, dentro de unos días viajo a Soria. María me transmite que el albergue abandonado que fue a visitar tiene buena pinta. Quiere que conozca la zona y a mí también me presta mucho. Pretendo convertirlo en lugar de acogida para algunos de los niños de M´Hamid y ofrecerles un futuro mejor. Espero que algún día también tú me acompañes.

–Por segunda vez en pocos minutos alguien me sugiere ir a Soria. El taxista que me ha traído me ha dicho que es de aquella pequeña provincia. No me vayas a pedir dinero para el proyecto; no tengo más –manifesté en modo elusivo, aunque jocoso.

–Ni yo iba a dejarte –respondió con autoridad–. Nos vamos arreglando. Me encanta este restaurante. ¿Lo conoces desde hace mucho?

–Antes lo frecuentaba con cierta asiduidad. Aún no habías nacido. Luego, las costumbres cambiaron y mis hábitos también. Con los años, como sabes, no visito ni este, ni ningún otro lugar. En todo caso, pensé que te agradaría. Es adecuado para recordar viejos tiempos.

–La última vez que lo hicimos –continuó Alonso–, soltaste algo del lastre que te atenaza. Espero que tu confianza no se haya desvanecido.

* * *

La primaveral mañana de un día veintiséis del año sesenta y cuatro tendió lentamente su último tramo. Hacía rato de la marcha del perrero tras las jaras y ansiaba volver a verlo. A eso de las tres de la tarde, el postor de nuestra armada asomó por la derecha e iniciamos la recogida. Allí quedó el venado hasta ser retirado y de allí partimos al fin. El camino inverso lo hicimos de nuevo en compañía del gobernador y de su hijo, visiblemente aburrido, así como del resto de cazadores. El vaivén del vehículo y lo incómodo del asiento no bastaron para evitar mi embelesamiento. Invocaba una y otra vez la figura del joven perrero. Buscaba confirmar su apostura, quería fijar en mí cada uno de sus rasgos. El timbre de su voz me ululaba sin pausa. Una palmada en el muslo propinada de forma cariñosa por mi padre, más relajado que al alba, me avisó del momento para apearnos.

Me pareció que el número de personas que ya formaban corros era mucho mayor que en la mañana. Más tarde supe de la llegada al almuerzo de invitados que no participaron de la montería. Nos introdujimos en una corraliza y acercamos nuestros tímidos pasos a una mesa grande envuelta por un tapete y rodeada por hombres y mujeres que alargaban sus brazos a los platos listos para el aperitivo. Probé el chorizo de venado, suave y de refinado sabor. A su lado hallamos platitos pequeños de pimporrete, un gazpacho similar al salmorejo, que no caté por no repetirlo. La zurrapa de lomo, frita con manteca de cerdo y sal, sugería ser aún más indigesta. Entretuve el apetito jugueteando con picos de pan entre los dedos y anhelando la aparición de mi perrero, ya idealizado a esas horas. Desconocía por aquel entonces que los señores no compartían mantel con el personal de servicio. Si al menos pudiera verlo de lejos..., me dije. Supuse entonces que aún tendría faena. Dos criados, ensartados en ajustados trajes camperos, venenciaban con destreza caldos amontillados en catavinos que trasegaban de una parte a otra del patio. Elevaban el brazo y con él la chaquetilla, y dejaban asomar las chorreras de la camisa alrededor de la abotonadura. Mi padre departía con unos y con otros convidados sin mucho temple. Yo acepté la amable invitación de una señora que se acercó a ofrecerme un zumo de tomate.

–Hola hija, se te ve muy sola. Claro, la única jovencita –expresó en voz alta–. Únete a nosotras; las conversaciones de hombres son tediosas.

–Muchas gracias señora –respondí mientras inclinaba la cabeza en señal de respeto–. Lo que ocurre es que mi padre...

–A tu padre le digo yo que te raptamos hasta después de la comida, y santas pascuas. Me llamo Dolores; soy la esposa del gobernador. Acabo de llegar. Las monterías me dan mucha lástima; resultan fastidiosas. Se fanfarronea mucho con lo que se ha matado y con lo que se abatió en no sé qué otra cacería. No te creas ni la mitad. ¿Cómo te llamas?

–Irene, para servirla. Es la primera vez que vengo. Bueno, es la primera ocasión en que salgo de casa. Estoy un poco nerviosa –respondí antes de que siguiera diciéndolo todo ella sola.

–Tranquila, mujer. Una chica tan guapa como tú no tiene nada que esconder. Serás la envidia de todos. Acompáñame a la mesa.

Así comenzó el primero de los encuentros con una persona con la que tanto compartiría durante algunos lustros. Pasamos al interior de la alquería situada junto a la casona principal. Un enorme salón cubría sus paredes con multitud de trofeos. Decenas de bocados de jabalí en hilera, algunos corzos, muflones, sarrios y gamos, entre otros. La mayoría exhibían solo las cuernas ensartadas en tablas. Algunos otros, de mayor valía, exponían también la cabeza desecada. Me sentí aliviada por haber evitado la presencia del hijo de aquella mujer. Había adivinado algún que otro intento de aproximación y no creía poder soportarlo. Las señoras se acomodaron a un lado y los hombres al otro. Un grupo de criadas, vestidas de negro con delantal blanco y pañuelo en la cabeza, cargaban potes de barro apoyados en la cadera. Sirvieron humeantes cazos de olla cortijera. El aroma del tocino, incorporado al de los garbanzos y el repollo, me devolvió por unos instantes la imagen de mi madre y del castillo en La Herradura. Imité de los comensales los modos de tomar la cuchara, de sorber delicadamente el caldo, de beber del vaso ancho y curvo de cristal tallado. Sorbí también las chanzas de las féminas situadas al frente. Bien cierto fue que no lo comprendía todo, pero me hacía una idea. Una forma de ser sin ser, el encuentro primero con la apariencia vana que me embaucaría meses después. Diestras en la crítica de personas ausentes, no se referían a ellas por sus nombres, sino por apellidos compuestos citados en plural. La presumida no era Menganita; su ruindad habría de ser necesariamente adoptada por el linaje entero de los Montesco-Capuleto. Cierta evasión momentánea se acercó en forma de manolete: hojaldre, cidra y cabello de ángel en perfecta sinfonía para los sentidos.

–¿Ves cómo no merece la pena atender tanta sandez? –comentó Dolores.

–Bueno señora, yo no sé...

–Tú sabes más que todas ellas juntas. Son mantenidas de personajes igual de aduladores que ellas. Algunas dicen haber aprendido algo en un puñado de libros, pero es mentira. Más allá del vituperio a los otros, solo existe oquedad. Según se apaga su belleza, y bien extinguida que la tienen algunas, nada queda. Ves, también yo murmuro –sonrió en tono bajo de mofa.

–Aún quedamos algunos dinosaurios de ese porte en mi barrio del Marqués de Salamanca, querido Alonso –afirmé mientras alzaba la mirada sobre el cóctel Mazarino, casi igual de extinto.

* * *

Lo cierto es que entretuve el rato con Dolores –continué–. Parecía distinta al resto. Distinguida pero afable, elegante pero sencilla, con altura pero llana. No pude creer que fuera suyo el muchacho desgarbado y ridículo que se sentaba en la otra punta de la mesa interminable. Decidí acompañarla hasta que me fuese posible. Las copas, los puros y demás sobremesa barruntaban aburrimiento. Algunos hombres abandonaron su sencilla poltrona de madera con el respaldo curvo y salieron al patio. Un par de ellos regresaron al rato y anunciaron la exposición de los trofeos del día. Se disolvió el banquete y nos dispusimos en procesión al exterior. La tarde caía macilenta en la pradera, el sol se rendía paulatinamente a la desafiante negrura del horizonte y se desvanecía despacio. Colocados en filas, formaban decenas de animales abatidos. En la tapia cercana jadeaban las colleras de mulos que habían porteado desde el campo.

Busqué con interés nuestro venado. A su alrededor se dieron cita varios monteros. Mi padre se situó en el centro del corro y recibía los halagos propios de quien se había hecho con la pieza de mayor envergadura. Me acerqué con Dolores y acaricié su testuz; mi padre, abismado, no se percató de mi presencia. Ella fue quien me tomó del brazo, lo apretó con firmeza y trató de consolarme. Solo la llegada del gobernador logró que mi padre volviera en sí. Comenzó entonces el asedio a la voluntad del guardia civil y los terrenos de Granada adquirieron protagonismo. Éramos cinco o seis personas entre quienes se encontraba, según dijo Dolores, el dueño de las realas de perros que habían actuado en la mañana.

Ensimismada y en silencio, miré al horizonte lejano que traía la noche y se llevaba mi esperanza de volver a ver al perrero. De pronto, un resuello se situó detrás de mí y, sin atreverse a interrumpir la conversación, llamó la atención del realero. Rozó mi hombro el suyo. Era él.

–Señorito, con el permiso de usías –se humilló ante nosotros–, no se ha recogido uno de los alanos. El mejor perro, señorito. Lo siento mucho, lo llamamos desde hace un par de horas y *ná*.

–No interrumpas y ve a buscarlo –contestó el amo con desprecio y visiblemente contrariado. Un aguijón hirió mis entrañas; me sentí de pronto indigna de compartir camarilla con aquel fantoche.

–Voy contigo –solté sin pensarlo–. No conozco el campo, padre, es una oportunidad.

–Tú no te mueves de aquí. Nada se te ha perdido en el monte, Irene –intervino mi padre, molesto.

–Manuel, la chiquilla tiene mucha ilusión. Estas conversaciones de ustedes no son de su incumbencia. Total, no pasará más que un rato hasta que encuentren al perro –apostilló Dolores mientras me daba una palmadita en la espalda en señal de marcha.

–Cuando se entere tu madre nos pondrá de vuelta y media. Siempre te sales con la tuya, chiquilla. Tenemos que andar el camino de vuelta y la noche está cerca.

–Id con Dios. –El gobernador hizo un gesto al perrero y los dos partimos prestos, ladera abajo.

Alonso llamó la atención de la camarera y pidió otros dos combinados. Le avisé de su poder oculto, pero no prestó mucha atención. Una bandeja repleta de canapés variados, distribuida de mesa en mesa por un apuesto jovenzuelo, ayudaría a enjugar parte del efecto etílico de la velada.

–Anda con la viejita, ¡quién la ha visto y quién la ve! ¡Menudos arreos! Con lo modosita que pareces ahora –declaró Alonso.

–Los años menguan el brío de cualquiera, pero sí; nací con las jaeces de mi tierra, bien puestas en lo alto, hijo mío. Vaya que sí.

* * *

El joven perrero giró sobre sí mismo en dirección al monte bajo sin pronunciar palabra –proseguí–. Me costó seguir sus zancadas ligeras y largas. Mi compañía parecía no ir con él, pero no quise volver la cabeza y comprobar la escena que quedaba atrás. Surcamos la pradera atestada de coches y evitamos el camino. En línea recta hacia la parte baja de la finca, unas cuantas matas nos ocultaron a la vista y nos abrieron a la mancha, próximos al crepúsculo. La luz moribunda de la tarde se hacía con el espacio poco a poco y dibujaba violeta el cielo. El sol a nuestra espalda había desaparecido de forma precipitada tras la nube grande y negra, decidida a hacer oscurecer anticipadamente el paisaje. Hacía frío y olía a mojado. Los acebuches se apretaban unos contra otros y dificultaban el paso. Apartamos sus ramas de hojas redondeadas pero una, reacia, clavó una de sus espinas en mi mejilla.

–¡Ay! ¡Pero es que no vas a esperarme! Me voy a matar, hombre.

–Perdona mujer, viene tormenta y andaba pensando en el perro. Además, cuanto antes nos alejemos mejor, no vayan a arrepentirse y no te dejen venir conmigo. Déjame que te limpie, tienes un pelo de sangre, pero no es nada.

Sacó del bolsillo un pañuelo blanco bien doblado, tomó delicadamente mi barbilla, giró su cara en sentido opuesto, y acarició con mimo, repetidamente, el pómulo herido. Se paró el tiempo y mi respiración. Su exigua sonrisa encerraba la paz de la montaña y la repartió en mi rostro con un soplido suave y continuado destinado a calmar el picor.

–Eres una rebelde, ¿lo sabías? ¿Cómo te llamas?

–Me llamo rebelde –le dije guiñando un ojo con guasa–. ¿Y tú?

–Yo me llamo *perrero*. Vamos, no hay tiempo que perder.

La sonrisa le abrió la boca y mostró unos dientes de un blanco intenso en contraste con la luz desvaída. El jade de sus ojos entornados se fundió con el negro de los míos. Me tomó de la mano y sentí la suya, recia, fuerte, segura. Un leve tirón fue bastante para regresarme al mundo de los vivos. Cuesta abajo, entre matojos que impedían ver el suelo, sorteamos las tortuosas ramas de los alisos que movían sus hojas claroscuras. Despertó el viento y dio paso a la sinfonía que emitían las anchas hojas de los fresnos, altos y flexibles. Aceleramos el paso y tropecé una y otra vez. Escuchamos el sonido suave y largo de un trueno lejano y vimos algún que otro resplandor remoto. Un zorro se cruzó veloz ante nosotros con el hocico gacho y la cola enhiesta y casi me tira. Apreté aún más la mano de aquel muchacho y sentí que flotaba. Ya casi corríamos sin rumbo cuando de pronto nos detuvo en seco el aterrador estruendo de un trueno en perfecta sincronía con el violento resplandor del rayo que iluminó el paisaje por unos instantes. Tembló la tierra y sentí miedo. Una gota en el pelo, dos; multitud de repente. La lluvia helada cayó a jarros sobre nosotros. Perrero se volvió sobre mí y me abrazó fuertemente, sin decir nada. Su respiración acelerada bailó con la mía en el centro del diluvio. El corazón ansiaba salir del pecho; sentí los senos subir y bajar henchidos. Aún muy nerviosa, liberé mi cuerpo del suyo y miré su rostro calado. Las gotas se deslizaban y el tupé de la mañana caía aplastado. Reí desaforadamente. Abrí la boca al tenebroso cielo y bebí del aguacero.

–Corre –me dijo–. Creo que un poco más abajo, en la hoya, hay una barraca. A ver si la vemos con esta tromba.

No pensaba en nada, solo corría a oscuras y reía sin parar. En la hondonada nos sorprendió el galope de una preciosa yegua azabache desbocada que atravesó veloz y mostró su piel, iluminada en plata por un haz momentáneo de claridad. Nos detuvimos ante una pared. Miramos en rededor y nos refugiamos bajo el dintel de una pequeña puerta cerrada. Estaba aterida. El chico se apoyó con fuerza sobre ella hacia atrás y renqueó a duras penas. Tan solo fue capaz de abrir un pequeño hueco, pero le bastó para asomarse.

–Quédate aquí un momento. Primero voy a entrar yo y, si lo veo bien, te metes.

La tormenta derramaba su carga despiadadamente. Los minutos alejada del muchacho parecieron eternos. Decidí hablarle para huir del espanto.

–¿Se ve algo?

–Hay un ventanuco chico y, cuando cae un rayo, algo se ve. Tengo mechero, pero estoy buscando con qué encender. Hay paja en el suelo, pero no quiero prenderlo todo.

De pronto, un incipiente fulgor dibujó el contorno de la abertura y me introduje en ella con cautela. Me invadió un olor rancio a moho y taponé mi nariz. A la derecha, al fondo, el joven perrero se agachaba ante una chimenea de piedra y colocaba lo que parecían pedazos de estiércol seco. Poco a poco, el resplandor se hizo mayor. Nos encontrábamos en un casillo tosco de una sola planta que, a lo que parecía, servía para guardar algunos aperos de labor. A la izquierda, un falso techo soportaba el peso de varios fardos de hierba seca. En la pared del fondo, bajo el ventano, varias mantas bastas de lana colgaban de unos clavos enormes. Albardas, bozos, ramales y cabezadas se amontonaban en desorden. Prendida la lumbre, el muchacho arrastró unas teleras al centro de la estancia y las envolvió con una de las mantas. Luego cogió un montón grande de forraje y lo extendió en el suelo de tierra y fiemo.

–Vamos, rebelde, pasa detrás de la manta. Vas a pescar una buena con este frescor. Tenemos que secarnos o la pulmonía será de aúpa. Quítate la ropa que no miro, no te apures. Pisa el heno, el suelo estará helado –aseveró con total naturalidad mientras sostenía una lona gruesa a modo de cortina.

Temblé; tal vez de pasmo, o de miedo, o de dicha quizá. La lluvia aturdía sobre el tejado bajo. Me esforcé en apartar las botas de mis piernas y luego las medias subiendo la mano por entre la falda. Muy despacio, pasé la chaqueta al otro lado de la manta que nos separaba y me desabotoné lentamente la blusa. La ropa interior estaba húmeda también y la abandoné sin dejar de mirar los ojos absortos del perrero. Aún tomé unos segundos para deshacer mi negra trenza. Sentí el helor del cabello empapado sobre los hombros desnudos. Tomé la manta con mis manos, cautivada por un tiempo infinito, transportada a un lugar en el que la mente y las dudas habían cedido los trastos del sentido común a un irreverente corazón loco.

–Te toca, perrero –susurré con un hilo de voz apenas perceptible.

Transcurrieron unos segundos. Las palabras desaparecieron en nuestro recién estrenado cosmos. Sentí el sonido sordo de la canana contra el firme. Su nívea camisa, adherida al torso por la lluvia, se despegó pausadamente. Luego cayó el zahón, las calzas, y un gesto me hizo intuir que solo la gruesa tela nos separaba. Di un pequeño paso adelante y sentí el calor del pasto seco bajo los pies. Me cubrió las manos suavemente con las suyas. Permanecimos quietos; percibía su respiración cercana. Olía a campo y a sudor amalgamados a un ligero rescoldo de jabón. Tomó delicadamente mi cuello entre sus vigorosas manos y me abracé a su espalda dejando caer el rudo paño. Rocé la suavidad de su cuerpo y el mío se estremeció. Nuestros labios se entregaron al amor mientras la ternura de sus caricias llevaba la buena nueva a cada poro de mi piel. Los tersos brotes nuevos de mi pecho conocieron la delicada reciedumbre del joven perrero. El improvisado lecho crepitó durante los momentos en que nos dejamos caer pausadamente. El sudor de mis caderas manaba sin prisa. El sonido de la lluvia cesó paulatinamente a la vez que menguaba la lumbre. Relinchó la yegua en la pradera e imaginé que su trote se hacía galope y mi vientre se hizo danza al son del amor primero, del más puro amor.

Quedé mirando la humilde llamita que coqueteaba con un leño casi consumido. Él, detrás de mí, cobijaba mi cuerpo. Apoyé mis piernas sobre las suyas tumbadas y guarecí las plantas de mis pies sobre sus empeines. Nació un leve gemido en una esquina y miré curiosa. La cabeza grande de un perro rojo atigrado nos observaba atenta. Su hocico corto y la nariz ancha de aspecto fiero contrastaban con la humildad de los pliegues de su gruesa capa. Apoyado sobre las manos, se lamía una herida profunda en la paletilla. Un nuevo lamento suplicó nuestro auxilio.

–¿Tienes frío? –musitó a mi oído–. Déjame que te abrace; el alano lleva ahí un rato en silencio. Espero que no te haya molestado su presencia. Nos ha encontrado él a nosotros. Es un animal valiente y noble, el mejor de todos.

–Estoy en la gloria, perrero. Nunca he estado mejor. Tenemos que irnos de todas formas. Nos deben andar buscando y habrás de curarlo. Está herido.

–Menos mal que volveremos con él. Es la coartada perfecta, ¿no crees? –susurró de nuevo con aspecto relajado y contento.

–¿Podré volver a verte? –pregunté.

–Aunque sea lo último que haga. El sábado que viene, por la tarde; como si tengo que atravesar el océano. Ya quiero estar allá donde sea que vivas.

–Gracias.

Nos vestimos prestos. La ropa aún estaba húmeda pero no chorreaba. Un último abrazo, prieto y largo, y un beso sincero me confirmaron como el ser más feliz sobre la faz de la tierra. Se echó el perro a los hombros y salimos al exterior. Hacía mucho frío; nos apresuramos monte arriba. La yegua negra retozaba en la pradera y su pelo brillaba a la luz de la luna tras la tormenta.

–Cada vez que vea esa soberbia yegua pensaré en ti. Es como tú, la más bonita y la más rebelde. Como tiene que ser.

El regreso se me hizo muy corto. Charlamos de mi vida y de la suya, le hablé del mar y de mi casa, y de mis libros y de mi escondite secreto. Él me contó que estaba de paso por aquellas tierras a las que viajaba en invierno para sacar del paso a su familia. Regresaría al Norte en verano a ayudar en la cosecha, aunque no quería pensar en eso. Estábamos juntos y en unos días volvería a verlo.

A medio camino, unos faroles se movían inquietos a lo lejos anunciándose de forma intermitente entre la espesura. Silbó el muchacho para llamar la atención. En pocos minutos dimos con un grupo de hombres entre los que se encontraban mi padre y su amigo, el mayoral de la finca. La inconsciente inocencia de aquellos años me situó demasiado lejos de la preocupación que debí hacer sentir a aquel hombre. No quería que se acabase nuestra aventura. Reconocí que la habíamos preparado buena, pero no me sentí culpable en absoluto. Mi padre tiró de mí a escondidas, un pequeño aviso a hurtadillas con el semblante aún desencajado.

–Vaya rato he pasado, hija mía. El peor de mi vida. –No mostró el más mínimo atisbo de cariño; nunca lo había hecho por otra parte. Sin saberlo, evitó así profanar el rastro que habían dejado en mí los brazos del perrero.

–Nos pusimos a cubierto enseguida, señor –dijo el joven–. El agua nos cogió de sopetón y hasta que no ha *parao*, no hemos podido volver. Conocía un chozo en la vaguada y lo encontramos bien. Siento mucho la molestia, señor.

–No tienes culpa de nada, chaval. –le respondió mi padre algo más sosegado–. No pudiste hacer otra cosa y te lo agradezco. La gente de por aquí me ha dicho que sabes lo que te haces y que eres un hombre hecho y derecho. Son los caprichos de esta chiquilla, que me van a quitar la vida. Desde el mismo día en que nació es guapa como una princesa, pero salvaje como el peor de los piratas.

–Sí que parece brava, pero a mí me da que es una buena chica...

Al deleite de haber sido amada se unió un indescriptible placer ante la sensación de superioridad, de dominio sobre mi padre. Si hubiera sabido lo acaecido, sus palabras habrían sido bien distintas. Ese día veintiséis conocí la atracción por lo clandestino, el poder del mensaje oculto compartido tan solo por dos almas. Era el secreto, también, lo que nos unía y lo que convertía en sublime cuanto me rodeaba. Tan solo quedaba nuestro coche en la pradera. Carraspeó el motor dormido y nos despedimos agradecidos de los jornaleros que aún permanecían allí. Entre ellos, ligeramente retrasado, mi recién estrenado amigo abrió la palma y la colocó en el pecho en señal de afecto. Correspondí al leve guiño de sus párpados con una discretísima inclinación cómplice y una sosegada sonrisa de despedida. Bajó el coche a trancas y barrancas. Al cabo de un par de curvas, mi padre, circunspecto y callado, lo detuvo en el camino.

–Sal del coche –manifestó de pronto.

Abrí la portezuela y me coloqué de frente, esperando que él, que también se había apeado, viniese a mí. Igual que el disparo en la mañana, una enorme mano abierta y un gesto iracundo y cruel se estamparon en mi cara. Me tambaleé del tortazo y casi caigo al suelo.

–No vuelvas a hacer nunca más eso a tu padre –remató antes de volver al vehículo–. Sube, ya hemos tenido bastante por hoy.

Recobré la posición pero no lloré. Supuse que mi semblante se parecería al de quien se esfuerza por sorber un gajo de limón a palo seco. Tenía que ser fuerte, no me podía rendir ante lo que no entendía. Lo que más apenaba a mi padre no era mi mal, sino su pesar egoísta. Tan bisoña y, sin embargo, tan hastiada de no haber escuchado jamás la expresión «te quiero» de sus labios; ya no la quería. Harta de coleccionar choques de mandíbulas como besos entregados sin afecto; ya nos los necesitaba. Ese día, mi querido Alonso, ese día fui golpeada por haber amado. Fui profanada por uno de los que habían pasado la jornada ensartando muerte en la montaña. Supe que mi padre se había convertido en un extraño desde entonces. La muerte como honra, el amor como condena. Así comprendí qué eran los hombres y quise huir de ellos y del mundo. Me introduje en el coche y mi padre me ofreció un pañuelo con un ademán bien distinto al del perrero. Esta vez fui yo misma la que traté de taponar el hilillo de sangre que manaba del pinchazo reabierto de acebuche en la mejilla. El traqueteo del incipiente trayecto llamó mi atención en el asiento de atrás y me giré curiosa. La cabeza del venado abatido nos acompañaba en el viaje y supuse que podría acariciarlo cada día en mi castillo.

* * *

–Joder, Irene. Si me pellizcan no lo siento. Es complicado imaginar una historia así en alguien como tú. Guardarla durante tanto tiempo, vivir impostada, no ha debido ser tarea fácil.

–A todo se acostumbra una. Los primeros años, recién casada, lo pasé muy mal. En un par de ocasiones llegué a pensar incluso en quitarme la vida. Luego llegan los niños y todo cambia; al menos hasta que te das cuenta de que un día vuelan y dejan a descubierto la melancolía de nuevo. Por otro lado, una incomprensible brizna de esperanza me ha venido acompañando en el anhelo de que tal vez pudiera volver a ver a aquel hombre antes de morir. Eso fue, no obstante, hace ya demasiado.

–Entonces –prosiguió Alonso–, ¿no volviste a ver a tu perrero?

–Nos encontramos en varias ocasiones. Sin embargo, si no te importa, el resto de la historia te la cuento otro día,

Alonso. Me duele un poco la cabeza. Acaso sea la emoción, o tal vez el licor que sube a visitarla.

–Claro, mujer. Me siento tan halagado de que me hayas elegido para compartir tu lastre, que solo puedo sentir agradecimiento y una admiración muy profunda por ti. Eres una valiente, Irene.

–Ojalá hubiera nacido de otra forma. Mi modo de ser solo procuró sufrimiento. Así es el destino y así debo aceptarlo.

–¿Crees que nuestro camino está ya hecho de veras? Yo lo he pensado mucho, sobretodo desde el accidente que sufrí y de mis devaneos con la muerte. Allí vi a mis padres y pude comunicarme con ellos. Me enviaron de regreso a cumplir una misión. Me pregunto si yo podría obrar de otro modo y salirme del carril, o si está todo decidido de antemano.

–Toda persona que se desvía del designio que el cosmos le ha señalado padece desaforadamente. Eso es lo que me ocurrió a mí y la razón por la que vago sin rumbo. He leído mucho sobre el asunto durante años tratando de encontrar una respuesta, pero no he hallado consuelo. Un asunto, el del destino, que no ha dejado de ocupar a los hombres. Te lo cuento dando un paseo de camino a casa, Alonso. Al final vas a lograr convertirme en una grácil jovencita.

Caminamos lentamente. La noche era cerrada y solo el naranja de las farolas evitaba la penumbra. La calle Miguel Ángel fue testigo de nuestra excéntrica compañía.

Hace muchos, muchos años –pensé en voz alta–, los griegos inventaron un tipo de narración a la que llamaron *Mythos*. Con ella trataban de explicar el destino de los hombres y de todo cuanto los rodeaba. Contaban que eran los dioses quienes daban sentido al mundo. Pero cuando se fundieron con otras culturas, comenzaron a creer que la razón (y su arrogancia) podría explicar lo que somos. Se produjo el paso del *Mythos* al *Logos* y nació la filosofía. Eso ocurrió nada menos que en el siglo VI antes de Cristo, Alonso, y aún nos preguntamos tú y yo, paseando en una bella noche de otoño, si yo nací así de rebelde y no pude evitarlo, o si es que me empeño en sufrir. Pero todo podría haber sido bien distinto en mi vida si lo hubiese deseado.

–Igual es un poco denso tu pensamiento y no debemos darle tantas vueltas a la cosa –intervino–. No me extraña que te duela la cabeza, Irene. Demasiado poco me parece a mí que padeces con el tipo de reflexiones que te haces.

Consideré un riesgo excesivo tomar otro taxi. Un Aceña por día era más de lo que cualquier curiosa podría esperar. En los semáforos, Alonso descansaba de mi apoyo y yo jugué con la tarjeta de visita de mi taxista en el bolsillo. La temperatura era agradable. Recorrimos un tramo del Paseo del General Martínez Campos y atravesamos el de la Castellana a la altura del monumento a Emilio Castelar.

–Al principio –proseguí–, la transmisión de todas estas enseñanzas se producía de forma oral. Luego, por aquello de tratar de perdurar más allá de la muerte física, se utilizó la escritura como herramienta. Así nació la literatura. El mito y el logos, mi querido Alonso, no son más que dos formas distintas de explicar una única realidad que lo gobierna todo. Filosofía y literatura se dan la mano a través del lenguaje que recrea cuanto existe y lo que no, y las hace posibles, amigo mío. La primera es baluarte de exactitud y la segunda de misterio; una es razón pura, la otra emoción sin límite. La filosofía trata de explicar el destino de los hombres, y la literatura nos consuela cuando no hallamos respuesta. Unamuno, ejemplo de rectitud y equilibrio, tuvo también sus crisis cuando comprobó que nada podía hacer para manejar su destino. Rubén Darío, con el que no se trataba, alcohólico y mujeriego, reconocía su talento pero le pedía misericordia para quienes como él no podían ser de otra forma por sentirse predestinados al dolor y el desasosiego. Podría ser el pensamiento estoico el que nos enseñe a acatar el destino. Los seguidores de Confucio y los hinduistas, y los católicos han creído que el cosmos está regido por un principio de causalidad contra el que nada se puede. Es la *Ananké*, la voluntad de un Dios que nunca me permitió conjugar la libertad que ansiaba con el destino que me apresó tan pronto. Si nada existe por azar, qué pecado habría cometido para ser así tratada. Incapaz de levantar el velo que nos oculta, en qué lugar, me pregunto aún, reside la verdad de todo cuanto brota y permanece efímeramente vivo...

–Bueno, bueno, ya vale por hoy. Contempla esta bella noche y disfruta de nuestro paseo como yo, Irene. Estoy decidido a sacarte de aquí, a ver si un cambio de aires echa el resto. En unos días viajaré a Soria a encontrarme con María. Me gustaría mucho que vinieses. Te encantaría conocerla.

–No hijo, no insistas. Yo ya no me muevo de aquí. Me gustará mucho conocerla, pero vas a tener que acercarla hasta estos lares. Por cierto, que no me has dicho qué tiene entre manos.

–Trabaja en una nueva novela. Como sabes, publicó antes otras dos. Tras haber encontrado su camino, su *dharma*, se topó con la búsqueda del sentido de cada nacimiento y de cada partida. Una verdadera *catarsis* que dio título a su segunda obra. Ahora se enfrenta al dilema de si en el *cosmos* todo ocurre por alguna razón. Como ves, ella también afronta todo eso que tú te preguntas.

–Tendré que leerla –anuncié liberada y de buen humor–. Igual me viene de perlas. Vaya a ser que María me saque de dudas...

–¿Me das permiso para contarle tu historia? Le podrías servir de inspiración, sin duda.

–Cuando se desvela un secreto, este deja de serlo. Te he contado el principio de la historia de mi vida porque necesitaba arrancármela de dentro. Desconozco el motivo por el que ha sido ahora, y por el que ha sido a ti. Será el destino –sonreí de nuevo–. No soy tu dueña; lo que he compartido es tuyo, y si consideras que tu novia escritora debe saberlo, pues adelante. No creo que el relato de lo acaecido a una vieja hace tanto tiempo tenga el menor interés, mas siéntete libre.

–Tan solo estaré fuera unos días. Voy a ver el albergue que ha encontrado y, en su caso, a estudiar la viabilidad de un proyecto de rehabilitación. No conozco Soria ni a su amigo Enrique y deseo hacerlo. Supongo que María regresará conmigo. De ser así me gustaría mucho presentártela. Además, tienes que proseguir con el relato de tu juventud; me tienes intrigadísimo.

Tras bordear la embajada de los Estados Unidos, algo intimidados por la presencia de diversas tanquetas disuasorias, subimos pausadamente la calle dedicada a José Ortega y Gasset. Nos acariciaba un ligero viento, más fresco. La obscena luz de los carísimos escaparates de la «Milla de Oro» madrileña se derramaba sobre la acera. En su interior se confundían un día más valor y precio pero no dudaban en mostrar su vanidad a nuestro paso. La ciudad dormía, pero no mi querido Marqués de Salamanca. Él siempre aguardó despierto mi regreso. Me despidió Alonso y marchó en pos de su amada. No nos separaríamos del todo en cualquier caso.

CUARTA PARTE

«No se viaja para buscar el destino, sino para huir de donde se parte».

MIGUEL DE UNAMUNO

Soria, otoño de 2010

Desperté siendo aún noche cerrada. El ventano entreabierto del balcón permitía que la luna llena iluminase el dormitorio tras una semana de cielo encapotado y lluvia fina. Sobre el cabecero forjado, un crucifijo de madera alargaba su sombra hasta el suelo. La cómoda sin espejo seguía amenazada por el sinuoso avance de los desconchones que descendían desde los machones del techo. En la mesita de noche, un despertador plateado mostraba la hora y sonaba su rítmico compás. Tomé el vaso que constituye una de las manías sin las que no logro conciliar el sueño y sentí el agua helada alcanzar el estómago. Recordé que había llegado el día de conocer a Alonso. Me supuse nervioso, decidido a agradarlo. Incluso dediqué unos minutos a pensar qué ponerme. Sospeché que a María también le gustaría que su amigo Enrique apareciera presentable. Lo imaginé dormido y luego saliendo con el sol de algún garaje de Madrid rumbo al pueblo en el que lo esperábamos María y yo. Quería agasajar a la pareja, pero disponía de pocos medios y escasa originalidad. Tendría que convidarlos a comer y no había pensado en nada. Di algunas vueltas más a un lado y a otro, hasta que mis pies se posaron en la descolorida alfombra trenzada de yute que, como cada día, los recibía afectuosa.

Me abrigué con una vieja bata negra y bajé descalzo los peldaños. La suave temperatura otoñal aún permitía pequeñas concesiones. No encendí la luz. La escalera quedaba iluminada por la luna que penetraba curiosa a través de la claraboya de cristal en el tejado. Me dispuse a caldear la casa y ordené algunos cachivaches. En efecto, estaba nervioso por vez primera en muchos años. Puse unos garbanzos a remojo y prendí una buena fogata. Las legumbres eran poca cosa, pero guisadas con níscalos podrían servir. Consultaría a María. Nos habíamos citado a media mañana. Vendría a recogerme e iríamos juntos a esperar la llegada de Alonso. Del mismo modo ansié yo la suya un día tras otro; entonces era todo tan distinto... Me sentí también algo confuso. Los garbanzos no bastarían. Debía preparar algo original, pero las cinco de la madrugada no era el mejor momento para pedir auxilio. María estaría trabajando, como cada mañana, en su nueva novela. Madrugaba mucho y tal vez ya se habría levantado, aunque no debía molestarla. Me descubriría inseguro y no deseaba permitírmelo. Aún quedaban unas horas para nuestro encuentro. Se me ocurrió que tal vez la micología podría ser del interés del joven. Comprobé que aún reposaba en la alacena una botella de vino que me regalaron hacía tiempo. La puse sobre la mesa y moví ambas al centro de la sala. Si fuese capaz de encontrar un surtido de setas con suficiente atractivo... También eso se lo preguntaría a María. En todo caso, me propuse ir en su busca.

Vestí pantalones marrones de pana gastada, camisa fuerte de algodón y una zamarra de lana oscura. A la vuelta me cambiaría para la ocasión. Las botas de monte serían imprescindibles para caminar seguro. No olvidé mi boina negra. Era un ejemplar grande, casi una chapela. Tenía el rabillo enhiesto, vuelo proporcionado y ala profusa. Hermanaba en inseparable contraste con la barba blanca, ya bastante crecida para guarecerme del intempestivo invierno. Algún día tendría que afeitarme, pensé, aunque solo fuera para airear la piel. Comprobé que la navaja de brezo reposaba en el bolsillo y cogí una cesta abarquillada de mimbre de un buen tamaño. Salí a la calle aún a oscuras. De entre los setales que frecuentaba, elegí dirigirme al pasto de los avenares. Al lado crecía un rebollar, por costumbre fecundo. No muy lejos, el joven pinar próximo a Molinos, el pueblo vecino, podría completar un buen itinerario. En unas cuantas horas, si el sol acompañaba, daría con una buena selección con la que aportar suficiente distinción a la causa. El contorno de las casas comenzaba a dibujarse en la alborada. En el arrabal, junto al pilón, Ezequiel me saludó con una de sus gruesas manos mientras se mordía las uñas romas de la otra con su avidez característica. Puso en marcha el motor del camión cisterna y se alejó paulatinamente en pos del reparto de fuel en la comarca. Poco a poco, abandoné las calles en dirección Oeste y tomé la carretera desierta. El trino de los pájaros y los cencerros de alguna vaca al raso compartían el espacio con el sonido provocado por el arrastre de la hojarasca a merced de un viento suave. Los chopos, a ambos lados, se inclinaron en sutil reverencia. Traté de vislumbrar cómo sería Alonso; tal vez alto y rubio, a lo mejor bajito y moreno. Lo imaginé delgado. No hallaba la fisonomía perfecta para María. Esa mujer nació dotada de buen ojo, me consolé al fin.

La sutil claridad del alba despertó una vaporosa danza de infinitos sienas y ocres en el monte que me rodeaba. El sol acarició las cumbres más altas y descendió a cubrir lentamente con su manto dorado los rojos, amarillos, naranjas y marrones de la multitud de especies en perfecta sinfonía cromática. Avisté el campo abierto del avenar sin dejar de contemplar, absorto, los cercanos hayedos y robledales. Me adentré en la llanura salpicada de cardos corredores y me topé con un corro de *senderillas* beige oscuro. Me figuré que cada uno de sus mamelones contenía una avellana. Alguien llamó a esa forma de presentarse sobre la tierra «corro de brujas». Tomé la navaja y corté el tallo hueco del grupo listo para comenzar a poblar la cesta, y dejé a las jóvenes y a las maduras a salvo. De pronto, un esplendoroso rayo cegador anunció la presencia del sol en el llano. Miré al Este durante los pocos instantes en que pude hacerlo sin deslumbrarme. Permanecí en cuclillas y distancié el foco en busca del centelleo del rocío delator en la piel parda y suave de las esquivas setas de cardo. Son de apariencia triste pero delicada. Nacen de las raíces muertas de los cardos. Tratan de esconderse, pero el amanecer descubre el brillo de su tez curtida y, mirando a lo lejos, agachado, son presa sencilla. Las setas de cardo, como las cosas de los hombres, comprendí, se ven mejor con suficiente distancia. Prometí mantener cierto desafecto en el encuentro inminente de María con Alonso mientras vagaba pizcando un hongo aquí y otro allá. Con unas poquitas más bastaría. Guardaba en celoso secreto la ubicación de unas matas escondidas junto a las que brotaban deliciosos *perretxicos*. A pesar de que su época cumbre es la primavera, llevaban unos años sorprendiéndome también en otoño. De sombrero crema y láminas blanquecinas y prietas, la carne firme y compacta y su aroma agradable mejorarían el aspecto del conjunto.

No acostumbraba a tomar más del número necesario en cada ocasión. Tan solo cuando presentía el final de cada temporada, recogía una buena cantidad y las ensartaba en un hilo. Tras el secado al humo, formaban guarnición habitual de mis guisos. Crucé al rebollar cercano y me adentré en un robledal muy querido sin razón aparente en busca de un puñado de oronjas, conocidas por los entendidos como *amanitas cesáreas*. Es muy curiosa su forma de eclosionar, similar a la de un polluelo del huevo. Entre la hojarasca de hayas y robles, destaca su sombrero anaranjado y un pie amarillo como si de una yema se tratase. Son las *amanitas* las primeras en asomar tras la lluvia y el presagio de un buen año de setas. Recordé que a María le gustaban mucho los *rebozuelos* que a buen seguro habrían salido en la vaguada. Me dispuse a comprobar su pálida presencia desordenada y poco agraciada que compensaban, sin duda, con un generoso gusto, dulce y amable. No tardé mucho; el sol aún no estaba alto. Disponía de un par de horas hasta la media mañana. No quería hacer esperar a María, pero me atreví a caminar el trecho que me separaba del pinar cercano. Allí, entre la acícula seca, emergen cada estación enormes *boletus edulis*, «migueles» para los amigos. Yo los prefería chicos y barrigudos, con la esponja aún clara. Aún faltaban los níscalos con los que guarnecer los garbanzos. Bastos para muchos, a mí me embriagaba su semblante rojizo y su aspecto sucio y desarrapado, los círculos concéntricos a veces oscuros, su depresión central y los bordes arrebujados hacia el envés. Me costó encontrarlos, pero al fin no marcharía sin ellos. Contemplé el surtido en la cesta convencido de no poder hacer mucho más.

Ya de regreso, me topé en la calle del Barranco con Juan, un transportista jubilado que pasaba gran parte del año en el pueblo. Se afanaba cada día en aviar unas pocas ovejas, las gallinas de rigor, unos frutales que no descollaban por mucho mimo que recibieran, y un huerto regado con el molino fabricado por él mismo para sacar agua del pozo. Charlamos un rato sobre nada y continué el camino por detrás de la ermita de La Soledad. Manolo, el de Pilar, bajaba de dar una vuelta a las reses montunas. Admiraba desde antaño la bondad de sus gestos, amables signos de la salud interior heredada de su madre. En casa, libré bajo el grifo al botín de la tierra que le sobraba, corté los tallos en su parte inferior, caté su lozanía, y lo coloqué en las trébedes a fin de ganar tiempo. Eran las mismas parrillas que un lejano día llevé al monte junto a María. Ese mismo metal apresó el pescado recién comprado con el que agasajé a mi por entonces recién llegada amiga. Todo sería bien distinto en este día y no podía sino aceptarlo. Debía encontrar la ilusión perdida. Decidí subir a cambiarme tras un paso por la ducha. La sobriedad habitual me ayudaría a sentirme cómodo, así que elegí el negro de unos pantalones de tergal, viejos pero poco usados, y un suéter del mismo color y cuello vuelto que me ponía antaño a modo de sustituto del desahuciado alzacuellos. Gruñó abajo el portón, me asomé por la ventana del balcón y la vi recorrer los pocos pasos que la separaban del portal.

–Ah de la casa. ¿Estás ahí, Enrique?

–Voy, voy, ya bajo –respondí al pronto.

–No tengas prisa; vamos bien de tiempo. La pachorra que gasta Alonso nos dará tregua.

–Hazme el favor de no meterte con el chico. Tengo la impresión de que vamos a congeniar.

Descendí los últimos peldaños mucho más despacio. La estrella que alumbraba la tierra penetraba a borbotones en el portal y dibujaba la figura perfecta de María. Apoyado en la baranda y ladeado, me topé frente el cobre del jersey que ocultaba la gracilidad de su cuello hasta la barbilla. La densa melena se desmembraba en cada porción de rayo y quedó trasformada en finos hilos, frágiles y cálidos al trasluz. No conocía los pantalones vaqueros de aquella mañana. Ceñidos a sus piernas, parecieran mostrarla desnuda. La belleza sublime que me aturdía se adornaba con un ligero maquillaje y algún que otro ungüento en los labios y los ojos. Se quedó quieta y yo permanecí absorto; el silencio resultaba atronador.

–No lo estás pasando bien, Enrique. Una mujer sabe intuirlo. Ojalá pudiera hacer algo por ayudarte.

–No es día para eso, María. Prometo hacerlo bien. Ya verás, confía en mí. Sabré estar a la altura.

–Yo no quiero que estés a la altura de nada. Solo deseo que te encuentres bien. Sé que tienes algo dentro, escondido, que te empeñas en no contarme. Me has ayudado mucho, has sido mi paño de lágrimas. Has hecho de mí una persona distinta, la verdadera María. Pero tú no te dejas ayudar y eso me pone triste.

–Por supuesto, invito yo a comer –la eludí–. ¿Recuerdas los grumos de tu primer día en el pueblo? Hoy la cosa ha de ser más sofisticada. He pensado en poner en el puchero garbanzos con níscalos. Como entrante; mira las setas que he cogido hace un rato. ¿Qué te parece?

–¡Qué buena pinta! –concedió.

Una cebolla mediana, medio pimiento rojo, un tomate, un poquito de pimentón picante, aceite de oliva y unos minutos de sofrito. Luego un caldo de verduras del día anterior, unas semillas de hinojo para ayudar a digerir el condumio, los garbanzos escurridos... Tomé los níscalos y los partí con las manos; rompí sus entrañas como se rompían las mías ante la interpelación de María. Hacía tanto tiempo de todo... Tal vez hablar de mi pasado ayudaría, pensé fugazmente. Pero ¡qué podía ya arreglarse! Viviría mis últimos años oculto como los anteriores. Maldije la razón por la que la presencia de la joven llegada de Madrid había debido despertar las heridas que creía sepultadas en el confín de los tiempos.

–Vamos despacito; hemos quedado en la Fuente del Coche. Te has puesto muy guapo, Enrique. Muchas gracias. Demasiado negro sobre negro, pero para no haber pedido consejo, no está nada mal. Algún día te regalaré una camisa blanca, pero que bien blanca, a ver si te quito alguna pena.

–Algún día no es hoy. Vamos o llegaremos tarde. Arrima el puchero a la lumbre, María. A la vuelta estará listo.

* * *

La Fuente del Coche conformaba un cruce de caminos entre la calle de La Taberna, la principal, y la carretera del valle. Un rellano protegido por los frontis y tapiales de las casas que se alternaban con las vías ocultándolas de las miradas al paso. Antaño llegaba allí el coche de Soria un par de veces por semana. Eso fue justo antes de que el tamaño de los vehículos la dejase abandonada con la sola compañía de un hilillo de agua que manaba de la oquedad de una tapia desde tiempo inmemorial. Llegados a la plaza, tomamos la calle de

La Taberna. Nos topamos con Jacinto y Toño que discutían sobre la partida de cartas de quién sabe qué día. Levantaron el semblante en señal de saludo, un ademán característico y cordial. Según la forma del lugar, el afecto quedaba en parte por dentro. El café estaba a punto de abrir y desprendía un aroma a aceitunas y vino rancio extrañamente acogedor. Lo regentaba Segundo. Barría la entrada con serrín y la desgana propia de quien sabe que en un rato la tarea habría sido en balde. Al otro lado de la calle, la figura de Cirilo, el otro posadero, se entreveía al fondo de la barra matizada por los estrechos barrotes de su tabernucha situada frente al café. Cirilo fue siempre un tipo huraño, orondo y oculto en un océano de sentimientos que nunca se le escuchó desvelar. Entrado en años, se llevaría a la tumba mucho saber y poco contar; acaso la forma más sublime de lo primero. A pocos metros, llegamos al lugar indicado. El sudor frío que recorría mi espalda rubricó la intranquilidad invasora de la mañana. Creía que estaba listo. No sería para tanto. María se sentó en el banco de piedra que brotaba a ras de la tapia de la casona de doña Carmen Delgado. Yo no lograba parar quieto y caminé unos pasos. Me voceó Margarita que venía del prado con Teresa, su hija, y organizaba a su Tiburcio, impasible. Devolví su amabilidad. Deploré mi aspecto. María me observaba serena y me pidió acudir junto a ella.

–Mira que haber conseguido ponerte nerviosito perdido, Enrique. No lo esperaba de ti.

–No me hagas pasarlo peor, mujer. Reconozco que has terminado con toda la serenidad que albergaba, si es que... Bueno, ya.

A lo lejos, tras la casa de Agustín, abajo, más o menos por la residencia del médico o a la altura del cuartelillo, nació el sonido sobrio y acompasado de un vehículo desconocido. Los segundos transcurrían y el ronquido se hizo más y más robusto. Asomó al fin la estrella plateada de un Mercedes ligeramente marrón, como si fuera de arena. Nos levantamos sin quitar la vista de la luna delantera que al reflejo de la intensa luz ocultaba al conductor. Paró al ralentí, de frente, y se abrió a mi derecha su puerta grande y limpia. Asomó un joven bien peinado, de mediana estatura. Podría convenirse que se tratase de un tipo normal. María acudió veloz a su encuentro. El sonido del cierre del postigo coincidió con un abrazo largo, intenso, y un prudente beso en uno de los pómulos. Apartaron sus cuerpos para poder observarse. Una mujer mira de un modo distinto cuando lo hace enamorada. Debía haber caído en la cuenta. Me quedé solo hasta que Alonso me percibió hierático y absurdo. Se acercó y extendió su mano, que se encontró con la mía.

–Usted debe ser Enrique. Encantado de conocerlo. María me ha hablado tanto de su amigo...

–¿Bien o mal? –respondí risueño–. Supongo que te habrá dicho que soy muy, pero que muy viejo, a juzgar por el respeto que me profesas. Si eres tan amable, apéame el tratamiento. Tengo suficiente con el que me asignan los lugareños.

–Disculpa, Enrique, yo no sabía...

–No va más. Supongo que tendréis mucho de que hablar a solas. Si os parece, os dejo marchar y nos vemos a la hora del almuerzo. Invito yo, claro.

–Tenemos mucho tiempo para contarnos. Este momento es muy importante para mí –interrumpió María–, y quiero estar contigo. Me gustaría que nos acompañases a ver el preventorio antes de comer. Alonso y sus niños de Marruecos... Seguro que está impaciente –concluyó.

–De eso ni hablar, al albergue no vamos hasta que no echemos un chato de vino.

–¡Pero mira tú! Quién te ha visto y quién te ve. No pienso rechazar el envite. Igual no tenemos otra ocasión en los próximos cien años –asintió María feliz.

–La ocasión la pintan calva. He dicho.

–Sea pues.

Los pocos metros que separaban la Fuente del Coche de Cal Cirilo se me grabaron a fuego en algún lugar profundo del alma. Una sensación de alivio indescriptible se ocupó de calmar apriorismos añejos. El miedo, los nervios, la desazón, desaparecieron para dar paso a la compasión misma, a la generosidad sin motivo, al deseo de amor eterno entre dos personas. Temí que ocurriese un espejismo. Guardé las formas como pude. El estribo de tarima que servía de entrada a la taberna, desgastado por las pisadas, ganaba de nuevo altura con la mugre. Entramos los tres, dimos los buenos días y nos fueron devueltos por el eco de algunos de los presentes. Virgilio charlaba con Liborio; Manolo con Paco y Sito. Tomás perdía la mirada mientras atendía, era de suponer, algún comentario de Lucio. Ventura y Fernando ocupaban el mismo espacio pero no debían tener nada que contarse. Los domingos, las mujeres acostumbraban a acudir a la salida de misa. Se sentaban en torno a una mesita de mármol blanco y pedían a escote unos mostos y algún que otro refresco muy rojo y muy amargo. Maruja, Consuelito, Carmen y Paquita; Cristina, Ana, Marga, Isabel, María y alguna otra. Pasamos al fondo y fui consciente de la novedad que suponíamos para todos, excepto para el ademán impertérrito de Cirilo.

–Pon una ronda, amigo. Para mí un tinto y....

–Nosotros dos, unos botellines, si puede ser.

–¿Cómo me imaginabas, Alonso? ¿Doy la talla?

–Sabía de la altura que emanas antes de conocerte y sabía también que no es apta para muchos. Desde luego, no para mí, Enrique. Antes de hablar de ninguna otra cosa, quería darte las gracias por cuanto has hecho por María desde que la conoces. Sin ti, esta chica no sería ni parecida. Yo lo sé y ella también. Nos conocimos, podría decirse, gracias a ti. Es justo pensarlo, pero más aún expresarlo para que no quepa duda sobre cómo te imaginaba.

–No he hecho nada especial –repuse emocionado–. Recibo con creces cuanto entregué. Un día la encontré varada junto a mi hogar y ella lo iluminó. Es posible, eso sí, que para conocerte yo haya sido una pieza necesaria en el cosmos, pero nada más. Así es el misterio que nos conforma. María fue despedida y acudió aquí sin saberlo; yo la encontré y juntos descubrimos su *dharma.* Escribió una novela y luego necesitó hacer otra; le sugerí viajar al desierto y allí nació *Catarsis,* y allí estabas tú para encontrarla envuelta en duelo. Ahora nos conocemos los tres. Como ves, mi papel ha sido de mera comparsa. Solo queda tratar de interpretarlo a gusto del destino.

–No imaginaba una charla tan profunda así, de sopetón –intervino María–. Espero que no sea obra del cosmos, sino de vosotros dos solitos que habéis acordado ruborizarme. Ignoro de dónde sacas tú eso de comparsa. Espero que no lo sientas en serio.

–Ahora seré yo quien se ruborice –balbucí instantes después de introducir la mano en el bolsillo y encontrarlo vacío–. Debéis disculpar que no tenga dinero. No acostumbro a llevar encima lo poco que poseo. Cirilo –me repuse del trance–, fíame la cuenta; luego traigo lo que sea.

–Cóbrate todo –ordenó Virgilio. Era un gran tipo. Buen horticultor y mejor persona, siempre estaba dispuesto a pagar sus rondas y alguna que otra de más. Daba gusto escuchar a Virgilio describir todo tipo de flores. Las amaba tanto que incluso las de plástico parecían sal de la tierra en su boca.

–Entonces hay que echar la espuela –intervino Alonso de pronto–. Sírvanos otra ronda cuando pueda, Cirilo, por favor.

–El alterne es un arte en retirada que honra al practicante, mi buen amigo. Me congratula tu saber estar. No es muy común en vuestros días –manifesté satisfecho.

–Mi padre me inculcó una forma de ser que incluía, decía, saber comportarse en los bares. Te pido disculpas si aludo en exceso a quien ya ha fallecido. Sé que a María no le agrada, pero no puedo evitarlo –manifestó mientras ella ceñía con cariño su cadera en comprensiva señal de disculpa.

–No soy muy dado a las tabernas, pero reconozco que la prestancia ante una barra dice mucho de quien la frecuenta. Alternar muestra la generosidad del que da primero sin esperar consecutiva prebenda. Cada ronda exhibe también al zonzo que aguarda tomar de los otros más de lo que está dispuesto a ofrecer. El mediocre llama tonto al dadivoso aunque este raramente juzgue su miseria. Un arte de ronda en ronda que encumbra, en efecto, el encuentro entre aperitivos. Chatear es, además, mezclarse en charlas, cuitas, inquietudes, alegrías y penas. En los tiempos modernos se ha mancillado el término chatear con otra acepción horrenda, un horrible anglicismo con un significado harto vulgar y, desde luego, menos hondo.

Sostenían los botellines con maestría por su parte baja, apenas ladeados entre las manos gachas, sobre la cintura. Sorbíamos y parloteábamos, reíamos a placer. Me percaté entonces de que la tasca había hecho silencio y que únicamente se escuchaba nuestra conversación. Los vecinos del valle atendían con recato. Unos observaban el suelo pringoso o jugueteaban con huesas de oliva entre los pies. Otros miraban por la estrecha rejilla de hojalata la ventana en busca que un ápice de claridad en el exterior. Algunos se apoyaban con las dos manos en la barra y estudiaban el tamaño de los colgajos amarillentos de cal, parcialmente desprendidos del techo. Pronto seríamos noticia en todo el valle como parte del encanto de la cosa pequeña, y del peaje de habitar en un sitio calmo, en el que cualquier novedad adquiría de seguida la categoría de memorable. En todos mis años en Valdeavellano, deduje, no creía que nadie me hubiese escuchado emitir veredicto sobre vecino alguno. Juzgar sus modos me situaba al pie de los caballos. No me agradó ser escuchado. Había sido presa de un impulso por expresar algo que guardaba para mí. Una extraña sensación se hizo conmigo y liberó siquiera parte del juicio guardado, si bien se trataba de un asunto menor. Ese chico, Alonso, tenía algo que me embaucaba sin remedio. Cuatro o cinco vinos más tarde, abandonamos el garito. Me sobrevino una locuacidad poco frecuente, fruto del agradable mareo provocado por la falta de costumbre en la ingesta de alcohol. Desandamos los pasos recorridos un par de horas antes y caminamos en pos del almuerzo. A los pocos metros de alcanzar la morada, María se detuvo y acarició la pared de Villa Consuelo.

–Esta es la casa de mi abuela, Alonso. Aquí nació mi madre. Dentro reposa la decrépita escalera en la que me sentaba cuando huí de Madrid por primera vez –completó–. De entre estas cuatro paredes surgió mi primera novela, *Dharma*.

–Si te parece bien, María –intervine–, la visitaremos en otro momento con más calma. ¿No te importa?

El cálido aroma del fogón me regresó a la pradera y al hogar.

–¡Qué bonita tu casa, Enrique! Me gustaría mucho poder vivir en un espacio así.

–Muchas gracias, amigo. No tiene nada de particular. La mantengo descuidada. De todas formas no sabría morar en otro lugar. Somos dos viejos en mutua compañía.

–A mí me agrada mucho la que fue vivienda de mis padres en Madrid y que ahora ocupo yo. Y María también cuando viene, aunque a ella no le convence. Quiere que busquemos otro sitio, pero a mí me trae tantos recuerdos que me resisto a marchar de allí como puedo.

–No es que no me guste, Alonso –replicó María–, es que no la siento como propia. Allí me creo observada por tu familia. Si no me hubieras contado, tras tu experiencia cercana a la muerte, que los sientes próximos, presentes, igual sería distinto.

–He hecho unos garbanzos con níscalos. Espero que te gusten. Mientras los tomamos prepararé unas setas a la brasa. ¿Te apetecen?

–Me encantan. Disculpa, María, es lo último que digo de mi padre. A él le encantaba salir al campo a buscarlas. Veo que dispones de mucha variedad. Él solo se atrevía con las de cardo por temor a equivocarse. ¿Podría pedirte que, en vez de a la parrilla, las cocináramos en una sartén con unos ajitos, un chorrito de aceite y una guindilla pequeña? Me gusta verlas soltar el agua y el sonido del hervor. Resultan mucho más suaves al gusto.

–Eso está hecho, Alonso. También ahora coincidimos.

Acercamos aún más la mesa al fuego. Abrí la botella de vino y la serví en sencillos vasos de diario. Tomé unas cazuelitas de barro de la alacena y las remojé para desprenderlas del polvo acumulado. Salvo en compañía de María, yo usaba siempre la misma. El barro mantenía mejor el calor de los alimentos y evitaba el chirrido del cubierto contra el barniz de los platos de loza. El agradable bienestar del alcohol en la cabeza liberó el pudor escondido y me permitió observar con mayor indiscreción a la pareja que tenía ante mí. Descubrí entonces la intensidad con la que María vivía aquel momento y supe que tenía razón en reprochar mi monserga relativa al amor. No era necesario, recapacité, permanecer cada día junto a la persona amada para quererla mejor. Si estaba con Alonso, lo hacía con total entusiasmo. Al encerrarse para escribir, ninguna otra cosa habría de perturbarla. Cuando paseaba conmigo, todos los sentidos la acompañaban. Supe también que yo no podía ocupar un lugar que no era el mío. Alonso era un tipo muy afortunado y lo envidié.

–¿Cómo fue que decidiste ser sacerdote, Enrique? –inquirió de pronto.

–Es una larga historia. Tal vez en otro momento decida sacarla de dentro. María repite que me haría bien, pero no sé...

–Podría no haber mejor ocasión. La digestión del potaje ha de ser lenta por necesidad, por mucha ayuda que preste el hinojo. María y yo estamos muy a gusto en tu compañía. Un licorcito como muestra del abuso que profeso a tu confianza podría ayudar en una sobremesa de aúpa.

Marché de nuevo a la despensa y regresé al pronto con una frasca de pacharán bajo el brazo. La preparaba yo mismo. No solía tomarlo, pero satisfacía a las visitas. Al final de cada verano, me batía con las espinas de algunos endrinos y les robaba el terciopelo violáceo de sus frutos. Las depositaba al fondo de la botella y las cubría con anís. Poco a poco, el licor se oscurecía y ocultaba las endrinas que, no obstante, se podían apreciar con un poco de atención. Le quité el polvo descuidadamente y la coloqué sobre el mantel de cuadros blancos y rojos. En la otra mano, cada dedo ensartaba unas minúsculas copitas rechonchas de cristal blanco. El alcohol acumulado durante el aperitivo y el almuerzo relajaron el debido decoro.

–No creo que vaya a hacerte caso, Alonso. Desde que lo conozco sé que le haría muy bien desembuchar lo que lleva dentro, pero no he dado con la tecla que lo logre.

* * *

Nací hace demasiado tiempo en Sigüenza, en el seno de una familia de seis hermanos –comencé pausado, la cabeza baja, fija en la copa–. Fui el tercero. Hoy todos han fallecido. Mi padre fue carnicero y también mi abuelo. Se llamaba Carnicería Tranque y estaba en la calle del Motor. Criábamos los animales en casa y luego vendíamos la carne. También teníamos algo de labor en el campo. No disponíamos de mucho dinero pero fuimos felices. A un par de calles estaba el seminario y enfrente el colegio de la Sagrada Familia. Algunos de mis hermanos estudiaron allí con el falso pretexto de ser curas, pero yo no quise. Mis padres insistían porque creían que me sobraba capacidad, pero no atendí su reclamo. En los meses de invierno marchaba a trabajar a otros lugares y ayudaba en casa. Quería volar y volé. En mil novecientos sesenta y cuatro contaba veinte años. Anduve de un lado a otro hasta que se acabó la faena. A principios del mes de mayo, después de algunos tumbos y antes de regresar a casa para la cosecha, supe que buscaban un aprendiz en Madrid, en la Venta del Batán. Había oído que allí llevaban las corridas que se lidiarían en la Plaza de las Ventas por San Isidro. No lo pensé dos veces. Me presenté en la Casa de Campo y me aceptaron a cambio de comida y cama. No podría llevar de allí una perra gorda a casa, pero tenía ya algo ahorrado y no pude resistirme.

Quedé maravillado por el blanco de la cal que cubría cada pared. Me encandilaron sus diez corrales, me embriagó la presencia cercana de las reses bravas ignorantes de su inexorable destino. Los mayorales itinerantes, que vivían allí mientras estaban los toros de su ganadería, contaban fascinantes historias de los más variados lugares. El patio que llevaba su nombre exhibía azulejos pintados de mil colores con los nombres de los animales premiados por su bravura.

Llegué recién estrenado el mes de mayo. El día diez se llevaron la primera novillada a la plaza en un camión Pegaso de cabina blanca y una visera marino sobre la luna delantera en la que se leía «toros de lidia». Envidié no partir con ella. Durante una semana se agolparon en mi cabeza imágenes de señoritas guapísimas, de coches lujosos, de habanos interminables y copas de licores nunca vistos. Faltaban cuatro días para la segunda corrida de feria. Esa misma mañana, llegó un hombre alto de apariencia brusca y preguntó por el encargado del recinto. Yo estaba con él aviando el grupo de cabestros que ayudaban a manejar el ganado.

–¿Qué hay, Paco? –largó sin mucho miramiento–. Como éramos pocos, ahora va y se me lesiona un mulillero. A ver de dónde saco yo ahora uno que esté listo y sepa de carnes.

–De aquí mismo, señor –respondí sin encomendarme a Dios ni al diablo–. Yo puedo echar una mano si no les va mal.

–¿Sabes que no se cobra, chaval? Bastante hay ya con poder ver los toros.

–No me importa. Nunca he estado en Las Ventas. Le prometo que no lo voy a defraudar, señor.

No pude conciliar el sueño durante los tres días siguientes. Iba a ser mulillero de la plaza de toros más importante del mundo. Me fueron entregados unos pantalones gris plomo y una chaquetilla corta del mismo tono. La camisa, blanca con cuello y puños colorados, iba a juego con un fajín que, en mi estrecha cintura, semejaba más un obi. La visera completaba un aspecto muy bien plantao. Me probé el uniforme una y otra vez. Salía y entraba a ver los toros en los ratos libres. Me arrimaba a los corros y escuchaba comentarios sobre el trapío de las corridas y sobre las preferencias de unos y otros por los distintos matadores. Paseaba al anochecer y miraba la luna, y soñaba con un mundo nuevo y con la tribuna preferente desde la que lo conocería. Jamás había visto a alguien famoso salvo en los periódicos.

–Quizá te chafo, Enrique –interrumpió María–, pero Alonso te ha preguntado por tu vocación sacerdotal.

–A eso vamos. Tantas prisas que tenías por saber de mí, ahora vas a tener que ser un tanto paciente. No sé si tienes tú de eso, pero no hay otra. –Guiñé un ojo cómplice a Alonso y recibí idéntico gesto con maestría.

* * *

El día catorce de mayo del año sesenta y cuatro me presenté ante el neo-mudéjar de ladrillo visto de la Monumental de las Ventas de Madrid. Cada uno de los arcos se exhibía majestuoso. La enorme puerta grande superaba en tamaño cualquier ilusión previa. La decoración a base de azulejos cerámicos era infinita. En lo alto, un trío de banderas ondeaba al viento. Un grupo de operarios preparaba en el exterior el busto con el que los toreros homenajearían esa misma tarde a Sir Alexander Fleming, descubridor de la penicilina. Entré por el patio de caballos según me habían indicado. Un par de compañeros retocaban algún que otro apero de las mulas. Se presentaron amables. Rechacé un cigarrillo y esperamos hasta que otros más se nos unieron. Seis mulas, seis, mirando a la pared y diez operarios a su cargo. Cada tarde se empleaban tres, la más fornida en el centro. Las otras se reservaban ante cualquier imprevisto, aunque había que enjaezarlas igualmente para el paseíllo. Todas tenían el mismo pelaje castaño oscuro. Brillaban sus capas y más que lo harían después de cepillarlas, tarea reservada a un novato como yo. Les fuimos colocando las pequeñas albardas blancas de adorno y los juegos de cascabeles encintados. Sobre ellas se ensartaban unas banderolas de España flanqueadas por las orejas erguidas de los animales. Detrás, una barra de hierro incluía una anilla en la que el *hondero* enganchaba al toro para el arrastre. Yo tendría que correr en la parte trasera, látigo en ristre, y colocar bien al toro para facilitar el galope hasta el desolladero. En el cartel, astados de Baltasar Ibán para El Puri, El Pireo y Copano, que se presentaba en Madrid. Jamás podré olvidar aquel primer paseíllo. En el patio se escuchaba el murmullo creciente del público. La piedra del tendido siete, al frente, desapareció entre el gentío en la solanera.

Intenté disimular el tembleque. Miré a ambos lados para comprobar que nadie escuchaba los latidos de mi corazón que yo percibía con estruendo. Atentos al pañuelo del presidente, clarines y timbales anunciaron al viento el comienzo del espectáculo. Dos alguacilillos, a lomos de sendas jacas blancas, salieron engalanados según los cánones de la época de Felipe IV, allá por el siglo XVII. Ropilla en vez del cuello de lechuguilla, calzón negro, ferreruelo atado con cuerdas a la espalda y mecido a cada trote de los caballos. Sobre el atuendo portaban un augusto sombrero flexible de copa redonda y alas onduladas. Despejaron el ruedo y entregaron las llaves de toriles. Se abrieron a la par las hojas de la puerta situada entre los tendidos tres y cuatro y vi a lo lejos los hocicos de las yeguas esperándonos en el ruedo. De frente a nosotros y de espaldas al público recibimos el saludo de las plumas de avestruz del chambergo tintadas de rojo y gualda de los alguaciles. Asomaron los matadores seguidos de sus cuadrillas de a pie, capote de paseo en ristre. Se detuvieron ante la primera raya de picar. Sus manoletinas dibujaron cruces en el albero y ofrecieron sus vidas por ventura. Los dos veteranos de la terna se ensartaron con brío las monteras en la frente. El nuevo, sin derecho aún, la llevaba en la mano. Se hizo un breve aplauso, seco y hondo, en el aire. Agazapado junto a la tronera del burladero, no quise perder detalle. En el último segundo retrocedí a ocupar mi posición en el turno de salida. Tras los nueve subalternos, seis picadores subidos sobre fornidos jamelgos parapetados tomaron el castoreño en señal de respeto a la presidencia. A continuación, desfilaron nueve monosabios con camisa y gorrilla rojas, y pantalón de tergal azul. Caminaban acompañados de sus varas. El uniforme de los areneros, libres de sus aparejos de mimbre, ponía la nota verde esperanza a la comitiva. Llegó nuestro turno. Salió la primera recua de mulas precedida por los dos ordenanzas de cada una de ellas. Yo iba en la parte de atrás de la segunda.

Sujetaba con la mano derecha el travesaño de hierro de la yunta y con la otra el tubo en el que engancharíamos a los animales muertos. Me esforcé por no trastabillar. Hallé arrojo para caminar con donosura, como dándome importancia.

El sol atravesaba el graderío y dividía salomónicamente al público entre pobres y ricos. A la altura del tendido nueve, en plena sombra, elevamos la vista al palco presidencial y nos sacamos la visera como el resto. Rotamos las mulas y las sumergimos en el túnel que desembocaba en el patio del desolladero. Cada tarde, durante casi un mes, ocuparía un lugar en el burladero del tendido dos, uno de los de privilegio. Avisté las localidades próximas y codicié las posiciones de los señoritos que acompañaban a las mujeres más bonitas que jamás había visto. Quise ser ellos a pesar de que también me sentía protagonista. Yo era quien daba cada mañana su última ración de hierba a los toros. Conocía su destino cuando los miraba pastueños en los corrales. Sentía una extraña sensación bien distinta a cuando realizaba labores de matarife en casa de mis padres. Percibía la vida de aquellos animales de forma diferente. Cada día tenía en mis manos la posibilidad de abrir la cancela del corral y liberar al animal que sabía destinado a morir. Luego de cada encajonamiento, guardaba en mi memoria las hechuras de cada uno de ellos y los esperaba en la plaza para presenciar su lidia y transportarlos al matadero. Por vez primera, me planteé el sentido de nacer y morir. Me pregunté por el alma de los animales y por la de los hombres. Fui un chaval poderoso entre las veintitrés mil almas que presenciábamos el ritual sagrado de la vida y la muerte.

–Siento interrumpir tu relato, Enrique –dijo Alonso–. Espero no molestarte. Verás, es muy importante que entiendas que no tiene sentido contraponer la vida a la muerte. La muerte se enfrenta, eso sí, al nacimiento. Ambos conforman la vida que está presente en nuestro tiempo en la Tierra. Lo hace de igual modo mientras no adoptamos forma corporal, cuando somos esencia pura, espíritu eterno.

–Mi querido Alonso. Sabes mucho por haber vivido más de la cuenta. Eres un privilegiado y te agradezco el apunte. Sin duda hemos de hablar largo y tendido sobre el asunto. Tienes mucho que enseñarme y yo quiero aprender... supongo.

–¿Por qué ese desánimo, hombre? Todo está siempre bien, todo ocurre por algo. Ahora, María y yo esperamos ansiosos a que continúes con la narración de aquella tarde de toros.

* * *

Solía acudir antes de tiempo a la plaza. Algunos días, si la faena estaba lista, partía incluso en el camión con el ganado. Paseaba y veía a unos y otros en los bares de la zona. Engullía el boato de la «gente bien». Reincidían ante mí las palabras de mis padres sobre los estudios. Algo llamaba a mi puerta y me decía que yo también podría haber sido como ellos si hubiese sabido aprovechar las oportunidades que negó mi obstinación. Me preguntaba si aún estaría a tiempo. La decisión sobrevino el día veinte. Era el séptimo día de feria y confirmaba la alternativa como matador de toros Manuel Benítez El Cordobés.

–¡Ah sí! –apuntó María–. Sé quién es. Sale de vez en cuando en los papeles.

–En el año sesenta y cuatro, aquel muchacho rubio con flequillo largo y sonrisa seductora era un ídolo nacional. Aquella tarde el país entero se pararía para ver por televisión, por primera vez, una corrida en directo. Todo un icono del pueblo humilde y derrotado en la Guerra Civil, un ejemplo de lucha y superación. Uno de los míos toreaba esa tarde, albañil y huérfano, cómplice de nuestra gente. No sabía leer ni escribir por entonces. Un sujeto que no conocía las reglas del juego taurino enfrentado a la ortodoxia; un hombre valeroso.

Serví un poco más de pacharán en las copas de la pareja y prolongué el exceso por mi parte. Mecí con suavidad el líquido al otro lado del cristal y me enjugué la boca. Diluí la inusual presencia de tanto dulce bajo el paladar con un sorbo largo de agua fresca. Había comenzado a esgrimir una época que creía olvidada, pero los detalles afloraban ante mí con una precisión inaudita.

* * *

La mañana del día veinte de mayo nació nublada. Di un respingo en el pequeño catre y, decepcionado, me llevé las manos a la cabeza. La tierra olía a humedad y ciemo. Había llovido durante la noche. Al fondo, en la montaña, la negritud de la barrera cargada no traía buenos presagios. El aire era denso, pesado, y costaba respirar. La tímida luz al alba sería solo un espejismo; el cielo se cubriría horas más tarde. Fui a ver los toros sevillanos de la ganadería de Benítez Cubero. Estaban tranquilos. Traté de adivinar el desenlace del sorteo. Dos para Pedrés, dos para Palmeño, y otros dos para El Cordobés. Uno de ellos, de nombre Impulsivo, me desafiaba a pocos metros y bufaba con mala sombra. Negro *bragao* de pelo fino y bajo de agujas, se armaba ligeramente *acapachado*. Portaba un morrillo menos desarrollado que sus hermanos de camada. No me gustaron las hechuras. A punto de ser cinqueño, ese toro, con esa forma y ese carácter, no podría humillar, me dije. Apresuré la tarea. Apenas probé bocado y, a eso del mediodía, salí hacia la plaza. Al otro lado de la tapia reposaba ya la corrida. La expectación era máxima. Deambulé por la zona. La gente comenzaba a agolparse en los bares que disponían de televisor y ante los escaparates de algunas tiendas de electrodomésticos. Tenía entrada preferente y también mucho miedo, si bien no sabía de dónde provenía y por qué razón me asediaba.

A eso de las cinco, una hora antes del comienzo del espectáculo, el cielo bramó como rúbrica del mal augurio. Se descargó una despiadada tromba de agua. El personal se agazapaba en las esquinas bajo los aleros de los tejados, pero nadie marchaba. En medio de la explanada solo quedó una botijera flaca e impasible, envuelta en un paño oscuro ante una tarde aciaga a su negocio. Un individuo intrépido, remangado y sin entrada, aprovechó el desconcierto y trepó por la fachada hasta colarse por una de las ojivas del tendido diez. Una forma como otra cualquiera de jugarse la vida. Amainó levemente y la multitud se agolpó en el contorno del coso. Todos querían ver llegar a El Cordobés. La policía montada logró hacer un pasillo a duras penas.

–Ya sale del Hotel Wellington –gritó un hombre a pocos metros.

–Y ¿cómo lo sabe usted, listo...? ¡Pero cuánto listo! –le respondió otro chulapo del mismo porte.

–Pues porque escucho el *arradio*, mira tú por dónde... –se burló entre risotadas del gentío.

A los pocos minutos apareció por la calle Alcalá un suntuoso haiga oscuro con un maletón tan grande como para cubrir el techo. Llegó a bordo el icono de aquel tiempo, acompañado por su cuadrilla y por truenos y rayos por doquier. Se introdujo en el patio de caballos y yo detrás, no sin alguna dificultad. Las mulas, asustadas por la tormenta, estaban ya engalanadas y a buen recaudo de algunos compañeros, así que no me ocupé más de ellas. No quería perder ripio. Aparcó el auto junto a la capilla. Salió el maestro vestido de violeta y oro con corbatín rojo intenso. Peinaba una raya al lado izquierdo que pareciera hecha con tiralíneas. Sonrió con suficiencia entre la muchedumbre y pasó a rezar. Me fui al patio de cuadrillas a ver qué se cocía. Escuché la voz de Pedrés que se afirmaba predispuesto a arrimar el hombro más que de costumbre. Los caballos de los alguaciles no eran los albos de otras tardes, sino dos preciosos alazanes que solo conservaban del pelo claro una señal en la testera y el cuatralbo en las pezuñas de uno de ellos. Dieron las seis y la duda sobre el comienzo cundió en el ambiente. Por fin cesó el aguacero. Multitud de charcos reflejaban los tendidos que permanecían atestados de cabezas, impermeables y paraguas. Asomaron toreros, cuadrillas y técnicos en el ruedo para cerciorarse de la decisión. Un periodista preguntó a El Cordobés:

–Manolo, ¿vienes decidido?

–Yo he venido a torear. ¡Vengo *sobrao*! Apúntalo en los papeles. Que llueva si quiere. Aquí estoy yo. *P´alante y ná más.*

–Pero si es el diluvio, Manolo.

–¿Están listos los focos? –preguntó el torero al empresario–. Pues si la gente aguanta, yo no me muevo de aquí –confirmó tras la respuesta afirmativa del gestor de la plaza–. Me alegro por el campo, hoy vamos a triunfar todos.

Los escobones de los operarios achicaron el agua que pudieron en el cuarto de hora que anunció el eco de los altavoces de la plaza hasta el comienzo del espectáculo. Destocado, en el centro de la terna, avanzó Manuel escoltado por el desfile que cerraban mis pasos. Me estorbaba la chaquetilla de la que sobresalía la pañoleta blanca que distinguía nuestro oficio. Pedrés cedió el primer toro a Manuel como era preceptivo. Olía a muerto; recordé la divisa negra en las reses del día anterior en señal de duelo por el fallecimiento de Carlos Núñez, su ganadero. Se arrastró el cerrojo y rechinó la puerta. Escuché el galope abanto del primero de la tarde. El distintivo azul y blanco de los de Benítez Cubero era portado por Impulsivo. No podía creer tal mal fario. Se giró sobre nuestra posición y me reconoció retador como en los corrales de la finca por la mañana. Galopó soberbio hasta el capote del joven doctorando. Lo embebió poco a poco y se ciñó a él más y más con suficiencia. Unas chicuelinas y la rebolera de remate motivaron los primeros aplausos. Lamenté que los dos pullazos reglamentarios no fuesen seguidos de un tercero. El toro estaba entero aún. Luego del tercio de banderillas, los tres maestros se citaron en el ruedo para cumplir con el rito y se confirmó la alternativa. Palmeño fue testigo del momento. Pedrés cedió muleta y estoque al Cordobés que le entregó su capote a cambio. Un abrazo entre la terna fue el prolegómeno al inicio de faena del joven torero.

Tanteó por bajo con la mano derecha mientras caminaba hacia el centro del albero. El rumor del público barruntaba un peligro sordo. Un poco de distancia dio resuello al toro antes de la primera tanda de pases circulares adornados con un original remate por la espalda. Muy quieto, sacaba pecho y vientre y cargaba la suerte sin aspavientos. Parecían no importarle las reacciones del toro y eso lo distinguía del resto. Se arrimaba confiado. Otro circular, esa vez a pies juntos, fue la antesala con la que se echó el engaño a la mano izquierda para iniciar el toreo al natural. La mano serena y caída dio cobijo a instantes de belleza fugaz en el vuelo de un sencillo trapo rojo.

–Enrique, no sé adónde quieres llevarnos con la historia que relatas, pero reconozco que me sorprende tu amor por la tauromaquia. Nunca lo hubiese afirmado de ti –afirmó María–. Un hombre poco menos que vegetariano, alguien que llora ante un gatito que nace...

–Nada tiene que ver una cosa con otra, si me permites la salvedad. El cosmos no puede ser contravenido por más que algún osado lo intente como yo hice en otro tiempo. Los juicios de superficie, no por bienintencionados son justos ni certeros. El tuyo también ha errado, mi querida María.

»La cultura de una raza –hice un aparte para aclararlo– ha de poder ser expresada, y la tauromaquia revela el lugar de privilegio del ser humano en el orden universal. Es el rito del sacrificio plagado de símbolos ceremoniales que una minoría de homínidos hemos convertido en seña de nuestra identidad. El Uro es un ser sagrado que nace para honrar el sacrificio convertido en arte. Una muerte digna y bella, demostración de valentía convertida en reto conmemorativo. Así lo hicieron nuestros antepasados de la Edad de Bronce; así es la representación al dios Mitra en Roma dando muerte a un toro. En la Edad Media, Carlomagno, Alfonso X «el Sabio» y los califas almohades gustaban de acudir a la ceremonia del lanceo de toros. Carlos I de Inglaterra y Lord Buckingham participaron junto a la realeza patria en los encierros de varas que se celebraban en el siglo XVI y llevaron la práctica a su país. Carlos I, el nuestro, celebró un festejo taurino en honor del nacimiento de su hijo, Felipe II a la postre. Francisco de Goya no sería el mismo sin su tauromaquia y nosotros tampoco. La fuerza atávica de la obra de Picasso nace del toro y le dio vigor en el exilio. Sin la bravura del toro expresada por Hemingway yo no habría llorado su *Muerte en la tarde.* Lorca lo consideró la riqueza poética y vital por excelencia de España. Rafael Alberti dejó este mundo sin su mayor sueño de ser torero por un día. Manuel Machado hubiera preferido ser banderillero a poeta, y Ortega y Gasset reconoció haber deseado mutar su fama por la gloria de ser matador de toros. Y amaron nuestra fiesta Bécquer y Aleixandre, Dámaso Alonso y Borges, y Miguel Ángel Asturias. La amó Juan Ramón Jiménez y Pablo Neruda la quiso como Jorge Guillén, quien escribiera:

'Mi corazón, cuyo peligro adoro, no es una mera frase cortesana: el hombre entero afronta siempre al toro con peligro mortal. Así se afana'.

»Solo algunos salvajes, los más cobardes de entre los hombres, dan pábulo a la frivolidad de quien odia a sus semejantes hasta convertirse en un miserable. Creo, no obstante, que se debe en mayor medida a su ignorancia supina que a su maldad, María. Un juego entre brutos y tontos del que no conviene tomar parte.

* * *

En aquella bochornosa tarde de mayo –continué–, el toro se detuvo de pronto a media arrancada, derrotó hacia arriba y se llevó por delante a su matador. Solos los dos en los medios, uno a merced del otro que se afanaba por herirlo con saña. Se estremecieron los graderíos ante la tragedia. Un pitón engatilló la ingle derecha del torero que, con la boca abierta y un grito desesperado, imploraba clemencia y se agarraba al pitón asesino. Valor y sangre se posaron en la arena mojada en honor del efímero trance a vida o muerte. La belleza en el arte de morir o matar se fundió con el valor ante la fuerza, no menos delicada ni de hermosura menor. Me abalancé al ruedo sin pensarlo y golpeé la paleta del animal entre el jaleo de capotes y operarios. Todos llegamos tarde, todos tras la cornada. Ahuyentado al fin el animal, cogí al matador herido por la cintura. Otros dos engarzaron sus hombros y otro más le sostenía la cabeza camino de la enfermería situada bajo el tendido cuatro. A las siete menos cuarto de la tarde, la vida de un hombre valiente se tumbaba sobre la mesa de operaciones.

–Doctor, me ha *pegao* fuerte –susurró.

–Tú a lo tuyo y yo a lo mío –escuché decir al doctor Máximo García de la Torre–. ¡Fuera todos!

Aún hubo unos instantes, mientras abandonábamos el quirófano, para que alguien llevase a Manuel la oreja del toro muerto. Macabro premio sin valor alguno ante la vida en el alero del azar. Permanecí ante la puerta gris que albergaba el sanatorio de urgencia. A mi lado, el Litri, Gregorio Ordoñez y Antonio Sánchez, figuras consagradas por entonces, aguardaban conscientes de la gravedad del momento. La cuadrilla en pleno fumaba nerviosa. Callaban. Periodistas, curiosos, amigos del torero, todos nos agolpábamos a la espera de noticias. Debía retornar al tajo y cumplir con mi función en el segundo toro, pero no lo hice. Sentí de repente un deseo irrefrenable de rezar, un impulso nuevo e indómito. Recorrí el estrecho pasadizo que separa la enfermería de la capilla. No encontré a nadie en el interior y me arrodillé frente a la imagen de la Virgen de la Paloma que la patrocina. La pequeña habitación era de un extraño estilo barroco con aires mejicanos. La pared del frente adornaba la imagen de la Virgen con varios marcos concéntricos bermellón y oro. A un lado, un Cristo con la cruz a cuestas, y al otro, un crucifijo más. Ante mí, sobre un altar vestido de pálido lino, aprecié decenas de pequeñas figuras cedidas por toreros en clamor de triunfo. No recordaba haber rezado nunca desde la primera infancia. Había olvidado las oraciones que me enseñó mi madre de niño y me sentí culpable. Vi unos azulejos con el Padrenuestro torero grabado y comencé a leerlo despacio. Me preguntaba cuál sería la razón para que un hombre tutease a la muerte cada tarde. La demostración de valor, la belleza, el arte, la cultura de un pueblo, la loa a ritos ancestrales... nada bastaba para justificar la tragedia. Recé por Manuel y recé por el alma de Impulsivo. Honré la sangre entregada como ofrenda por ambos en la tarde.

Poco después, envuelto de una luz apenas perceptible, intuí que debía recorrer el camino al sacerdocio, ya fuese para serlo, o, mejor, para estar a la altura de la gente que llenaba la tarde. Quería saber tanto como los hombres que poblaban los tendidos y andanadas de la plaza. Era un ignorante y me arrepentí por no haber sacado partido de la oportunidad de estudiar en el seminario. El alma me susurraba que Manuel sortearía el percance y volvería a torear. Abandoné la estancia justo cuando la camilla con el diestro salía del dispensario y era arropado por una manta blanca listada. Fue aupado en la ambulancia que lo trasladaría al Sanatorio de Toreros. Creo que fui primera página en todos los periódicos nacionales y en parte de los del extranjero. Concluí que no todo el mundo puede sostener de las caderas a un matador en trance.

–Espero haber respondido a tu pregunta, Alonso.

–Lo has hecho de sobra. Tu historia es muy bonita, Enrique. No vas a tener más remedio que dejarme plasmarla en mi novela. Pero ¿por qué nunca me la has contado? –añadió María.

–Supongo que cada día tiene su afán. Ha sido la llegada de Alonso la que ha desatado en mí una inusual verborrea. Tal vez es que el cosmos se empeña en no ceder sus caprichos a la voluntad humana.

»Y ahora debemos marchar a visitar el albergue o se nos echará la noche encima.

* * *

Los cristales de las pequeñas ventanas medianeras del salón comenzaron a vibrar. Un ventarrón inesperado movía furioso las ramas más altas de los frutales vecinos. La luz de la mañana había cedido a la melancolía otoñal. Salimos abrigados. El ambiente estaba impregnado del húmedo aroma de la leña quemada en otoño. Un zumbido constante en los oídos, más intenso a cada racha de ventisca, dificultaba el uso de la palabra. La corriente del Este barría las calles y nos empujaba calle abajo con fuerza. María y Alonso se sostenían el uno al otro mientras yo hacía lo propio con la boina, dispuesta a convertirse en platillo volador. Reían al son del improvisado «baile de San Vito». Tras el alivio de los momentos anteriores regresé al desasosiego habitual. El intento por contar mi pasado y aliviar la carga había sido en vano. No tuve valor. En lid frente al viento racheado, afrontamos de nuevo la calle de La Taberna. Los viejos echaban la partida. Olía a tabaco y a moho. Subimos por la callejuela frente a la cantina, dejamos a la derecha la casa de Juanjo y Dorotea, luego la de Loli y Silvia, dos encantadoras hermanas, y subimos aún un pequeño trecho hasta la morada de Pilar, la madre de Toño.

–Antes, los maestros habitaban esa casa de enfrente, al lado de las escuelas. Esta era la de chicas –señalé la fachada contigua, a la derecha–. Luego quedó como única para chicos y chicas. Algunos años después, ya no hay niños que la ocupen.

–¿Podemos verla? –incitó Alonso–. Necesitaremos un lugar para enseñar a los chavales.

–Ahora no tengo las llaves, pero podemos asomarnos a través de las ventanas. Carecen de persiana.

La escuela del pueblo estaba situada en la margen derecha del frontón, que hacía además las veces de patio sin tapial. Cinco ventanas y una puerta, vacías todas y abandonadas. En el dintel se podía leer una placa conmemorativa al profesor Tierno Galván, originario de Valdeavellano por su lado paterno.

«Enrique Tierno Galván: Soria estuvo siempre en su ser y en su saber. Fundación Antonio Machado, 1986».

Pedí a María y a Alonso que se aupasen para echar un vistazo. Los pupitres, algo descolocados, parecían intactos. Colgaban algunos mapas de las paredes y un crucifijo vigilante pendía sobre la pizarra. Junto a la tarima en alto, a la vera de la mesa elevada del profesor, una estufa de carbón, renegrida en la parte superior, alzaba un tubo metálico hasta el techo y parecía una columna más.

–Dos de las aulas dan a este lado. Hay otras dos que no se ven desde aquí.

–Es un lugar perfecto. ¿Está muy lejos del albergue?

–Aquí no hay nada lejos, Alonso –contestó María–. El albergue está justo a la vuelta de la carretera, a unos cuantos pasos tan solo.

Tomamos la carretera del valle y María señaló al chico su coche, aparcado por la mañana unos metros más abajo, a la izquierda mirando desde la esquina de la casa del maestro. Continuamos en sentido opuesto. La ventolera no daba tregua. Frente a la enorme verja negra del preventorio, rematada por unos pinchos amenazadores, se encontraba una pequeña casa de piedra aislada del mundo por una estridente puerta lapislázuli. Pasamos al interior y di una voz a Esther. La carnicera del pueblo era lo más parecido que una mujer puede ser a un colibrí. Pequeñita y ágil, discreta y veloz. Esther custodiaba las llaves del albergue desde tiempo inmemorial y trataba de mantenerlo en pie. Todo un ejemplo ofrecido al mundo por un ser anónimo que rondaba los noventa años.

–Este debe ser el muchacho del que tanto me habéis referido. Hola hijo. Gracias por venir a intentar salvar el recinto. Una ya es vieja y me gustaría dejarlo en buenas manos.

–Muchas gracias, Esther –repuso Alonso–. Primero debemos verlo. No sé si servirá, pero no dude de que haremos lo imposible porque así sea.

–Otro día os acompaño, pero hoy, con la galerna, no me atrevo. Mi peso es ligero y no ando ya para muchos trotes.

Abrí el candado y solté la gruesa cadena de la verja. Nos adentramos en una pequeña pradera y situamos la vista ante la entrada de la enorme casona. María, esperanzada, miró a Alonso de reojo.

–Aquí lo tienes, querido. ¿Te gusta?

–Grande es un rato. En todo caso, si a ti te agrada, ¿podría yo poner alguna pega?

–Hacía un buen puñado de años, lo que todos conocían como «Albergue» se llamaba Casa de Doña Romana. Resultó ser que un vecino del pueblo emigró a Argentina, hizo dinero y quiso construir una residencia en el solar de su nacimiento. Nos encontramos en el borde de la calle de La Soledad y la carretera a Molinos del Razón. La llamó «Romana» en homenaje a su esposa. Luego adquirió el terreno colindante a Don Patricio; unas corralizas con huertas y prado en las que el hacendado resguardaba sus rebaños de ovejas merinas. Construyeron entonces este edificio –señalé–, mucho mayor que el de origen. Como ves, tiene tres plantas y dos torreones semicirculares calados en blanco y rematados en teja mora. Entre ellos, decidieron hacer la fastuosa cristalera que aún se conserva. Fallecido don Toribio, su dueño, la viuda donó la finca al pueblo de Valdeavellano. Durante un tiempo estuvo dedicado a muchachos en acampada de verano y se le sacó provecho, pero a la postre quedó abandonado. Solo Esther se ha ocupado de él desde entonces. Hay quien la ve llorar a ratos; tal vez por eso no ha querido acompañarnos.

Ascendimos por la escalinata exterior de piedra que da paso a un amplio vestíbulo, luminoso incluso en tardes tan desvaídas como la de nuestra primera visita juntos. El frío dentro era intenso pero agradecí la calma a resguardo de la intemperie. Los altos techos de yeso favorecían el eco del invasor trío de pisadas. Ascendimos por una amplia escalera de mármol plomizo y nos encontramos ante un largo pasillo flanqueado por numerosas puertas grisáceas. Alonso escudriñaba el espacio de arriba a abajo. El suelo, de terrazos intercalados en blanco y negro, simulaba un tablero de ajedrez. Las paredes vestían baldosas color crema y brillaban hasta donde alcanzaba la huella circular del paño de Esther. Se acercó a una de las habitaciones y entornó la puerta. Encendió la luz. Olía a rancio. A la izquierda, antes de dar siquiera un paso, se topó con el batiente desvencijado de un armario. Lo atrajo hacia sí y nos invadió un aroma aún más intenso a papel añejo. Recogió la compuerta y nos adentramos en una sala grande y sencilla. No tenía cortinas ni ajuar en las seis camas literas, tres a cada lado, que ocupaban la mayor parte del espacio. Otras seis mesillas altas y estrechas completaban el mobiliario. No pronunció palabra y María y yo respetamos, circunspectos, el minucioso oteo. Miró abajo a través de la ventana y llamó nuestra atención:

–Eso de ahí es un edificio para guardar cachivaches –expliqué–. María ha pensado que podría servir de dispensario para los chavales y para el pueblo. Al fondo puedes ver la piscina. No es que esté llena de hojarasca, sino que ha sido cubierta por una lona. Más abajo se aprecia el estribo corto del frontón. Toda la pradera está disponible.

Retornó al pasillo y pasamos revista al resto de dormitorios sin entrar en ellos. Tan solo comprobó en uno, entreabierto, no se sabe qué sin llegar a adentrarse en él. La luz mermaba presurosa y me atreví a prender un interruptor antiguo situado entre dos marcos. Se hizo una mustia claridad en lo alto y, acompañado del chasquido de la clavija, arrancó el veloz soniquete de un metrónomo, al parecer en buen estado. Al fondo, nos topamos con otras dos puertas blancas de menor tamaño que el resto. El interior enmarcaba aún dos ventanas más de cristal traslúcido. A la derecha, una hilera de duchas tenía los platos amarillentos y la grifería con signos de óxido en las juntas. Frente a ellas, cuatro diminutos habitáculos con despintadas cancelas de media altura y entreabiertas acogían otros tantos inodoros muy bajitos y con mal aspecto. Los restos de humedad que había dejado el agua dragada de la cisterna exudaban un hedor difícilmente soportable. Los azulejos, en tono celeste, parecían bien conservados. Al fondo, también a la derecha, encontramos tres modestos lavabos y otros tantos espejos coronados por fluorescentes bizcos.

–¡Salgamos de aquí! –exclamó el muchacho–. No hay quien pare con esta pestilencia.

–Bueno Alonso, no nos animes tanto –respondió María–. Si es ese tu primer veredicto, vamos apañados.

–Solo afirmo que huele mal, mujer –sonrió afable–. Examinemos el resto del edificio y no te impacientes.

La segunda planta alojaba algunas habitaciones individuales amuebladas por completo y un par de salas que parecían servir para celebrar reuniones. La otra mitad acogía un buen grupo de sofás y un televisor de los que ya no se veían, tal vez en sentido estricto. Aún más en lo alto, el desván era tan menudo que tuvimos que entrar agachados. Alonso golpeó el techo, empujó hacia arriba una de las claraboyas de cristal grueso y asomó la cabeza.

–Las tejas están bien, pero algunas se han salido del canal y ya no hacen cobija. Habrá que retejar –nos anunció–. Me gusta mucho. Hay que lavarle bien la cara, pero si lo planificamos bien estos días, llegaremos a tiempo. A primeros de diciembre viajamos a por los chicos.

María nos observó aliviada y apretó con su mano mi muñeca a hurtadillas.

–Los jóvenes de hoy hacéis todo muy deprisa. Hará falta un médico y un maestro, y cuidadores para el centro. Y la obra lleva su tiempo. ¿Estáis seguros de poder cumplir?

–Jesús, Manuel y Fernando se encargarán de la albañilería, incluida la del dispensario –resolvió María–. Santiago reparará las cocinas y comprará los muebles que hagan falta. Felipe viene mañana mismo a encargarse de la carpintería. La última semana pintaremos. Curro y su hermano José Luis, aunque no son del gremio, se han ofrecido como voluntarios. Chicho, el hijo de Esther, adecentará la pradera y Pepe meterá unos días las vacas para que pasten la hierba y abonen la finca.

–Por el doctor no hay que apurarse –continuó Alonso de seguido–. En el grupo hospitalario hay varios que ansían pasar una temporadita por estos lares. Contrataremos a alguien que cuide del recinto con asesoría de Esther. El maestro igual vas a tener que ser tú por un tiempo –dejó caer como si nada.

–*Ad impossibilia nemo tenetur*, chicos. Con vosotros no se puede discutir.

–Ese latinajo debe provenir de tu época de cura –supuso María.

Aquella frase, inconsciente y tan de improviso, destartaló las entrañas del pobre viejo que la escuchaba. Me transportó a otro lugar en otro lejano tiempo. De pronto, el albergue me recordó los días en el seminario de Sigüenza. Estancias semejantes, distribuciones parejas, compañeros lejanos, ya casi muertos en la memoria.

Bajamos a la planta principal. Me sentí algo mareado. A un lado, una enorme cocina industrial se comunicaba por unas ventanas corridas, detrás de la escalera, con un comedor repleto de mesas de distintos tamaños y los más variados colores. Los gruesos cortinajes azul turquí estorbaban la escasa luminosidad exterior y daban a la estancia un aspecto umbrío. Fijé la vista en el suelo de rasilla de barro y evoqué de nuevo ese otro tiempo y aquel otro lugar y sentí agrandarse una profunda desazón. No lograba centrar la visión por el lado izquierdo. Cerré y abrí los ojos sin ser observado. Me retiré hacia atrás; el mareo era mayor. Oía a lo lejos las palabras difusas de mis dos acompañantes. Todo se movía sin control a mi alrededor. Me sujeté fuertemente sobre un mueble, pero fue en vano. No podía respirar. Intenté inhalar una pizca del aire de la sala, pero me faltaba el aliento. Me tambaleé apoyado en el aparador. Restregué el cuerpo sin fuerza. Creo que rompí algunos platos de la vajilla a juzgar por un ligerísimo sonido que me venía lejano. Me abandoné en el suelo y por unos instantes no supe más.

–¿Qué te sucede Enrique, por Dios? ¿Qué te pasa? –creí escuchar con dificultad.

–Tranquila, María. Parece ser tan solo un vahído. Saquémoslo fuera. El aire puro le vendrá bien.

* * *

Poco a poco, algo más despabilado, me depositaron en el poyo concéntrico a la mesa de piedra que circundaba el nogal centenario situado en el centro mismo de la campiña. Me eché hacia atrás y sucumbí al fuego intenso de la copa redondeada por las vigorosas ramas. Me abrumó el rojo intenso y el amarillo claro de sus amplias hojas a punto de caer a la pradera. Me repuse aún algo mareado. Un línea, difusa y ondulada en el horizonte, señalaba la montaña lejana bajo la luz crepuscular. El viento había amainado y me sentí transportado a otro lugar y a otro tiempo. Me invadió una serenidad indescriptible. Inclinado en diagonal, desde el poyo a la mesa, mis dedos jugueteaban con el musgo frágil de un verde intenso, casi negro en la penumbra. Arrastré unas palabras hundidas en mi ser desde tiempo inmemorial.

–La amé más que a lo imposible. La vi cada tarde desde la arena en su contrabarrera del tendido diez. Perseguía con ansia el instante de su llegada a la plaza de toros. Era tan bella; estaba tan cerca y tan lejos... Como la amé nadie lo ha sabido hasta ahora. Pero quién era yo, me dije. Un don nadie podía alcanzar apenas los tobillos de la más excelsa beldad. Amé su gracejo, la donosura de cada uno de sus pasos, la altivez de su porte, el bamboleo del talle más perfecto que jamás ha manado de las manos de Dios. Cualquier vestimenta se tornaba pobre en su cuerpo. La sonrisa más bonita del mundo se entregaba a mi vera sin ella saberlo.

–¿Estás bien, Enrique? –se atrevió a preguntar María, dubitativa.

–Creo que nunca he estado mejor. Déjame ahora.

Fijé la mirada, aún aturdido, en la hojarasca. Hundí la pierna y barrí un buen montón despaciosamente. Sonreí y lloré a un tiempo. Entorné los ojos y me trasladé de nuevo a los días en los que la pude tener y no la tuve. Entonces no me dirigí a ella, ni siquiera me acerqué. Cada tarde acudía a los toros junto a varias personas de muy buen porte. Aparcaban por costumbre en el lugar reservado a personalidades junto al patio de caballos por el que yo entraba. Esperaba apoyado en la tapia y dibujaba su paseo hasta mi presencia. Soñé abrazarla y hacerla mía. Tal vez la idealicé, pero no; eso solo le ocurría a la gente cuerda. Desde mi posición en el burladero sentía su pálpito. Se emocionaba con cada emoción posible de la lidia. Lo embebía todo, engullían cada estampa las pupilas grandes de aquella mujer incapaz de dejar se ser niña.

La tarde del veinte de mayo, cargué al torero malherido y pasé a su lado. Sentí su sufrimiento en carne viva y quise hacerlo mío. Momentos más tarde, en la capilla, juré ante el altar que iría al seminario y aprendería como el que más para ser como uno de esos que la acompañaban. Cuando la mereciera, regresaría a por ella. No sabía el modo, pero la encontraría, si fuera preciso, en el último confín del universo.

Los dos muchachos se agacharon a mis pies. María me acariciaba el muslo y Alonso apretaba su mano a la mía. Ella lloraba conmigo. Liberé un suspiro profundo y un leve gemido más.

–Lo has conseguido, cacho tonto –murmuró ella.

–Me ha costado un poco, ¿no crees? –enjugué una lágrima y sorbí contento–. No sé si aún vive. Desde mi refugio, cada noche, pido al cielo que le haya dado una vida feliz. Ese es el motivo de mis desvelos por la física cuántica, María, por la física de las posibilidades. Los hombres han sido capaces de captar en el cosmos ondulaciones en el espacio tiempo que sucedieron hace mil trescientos millones de años. Si sabemos que esas ondas gravitacionales son una diezmilésima parte del diámetro de un protón, qué le habrá hecho al cielo alguien como yo para no permitirme encontrarla. Me pregunto si de tanto amarla habré hastiado al propio cosmos. Tan solo divago, ya lo sé, mis queridos amigos.

»Juro por Dios que la amé como hoy la amo. Renuevo ante vosotros mis votos de amor eterno a aquella mujer cuya presencia no detento.

–Si has de encontrarla nadie lo sabe –aseguró Alonso–. El amor encuentra siempre al ser amado. Observamos tan solo una pequeña parte desde el hueco de una cerradura, pero nada es como parece. Cuando fallezcas te estará esperando. Quizá sea en tu próximo nacimiento y el suyo. Eso nunca vas a saberlo, hermano.

–Pido disculpas por el espectáculo, amigo. Tu presencia me ha hecho mucho bien. Apaciguas la inquietud de cuanto te rodea. No deseaba contar esto a nadie, pero no he podido evitarlo contigo. María, mi querida María –ceñí sus hombros con ambas manos–, siento haber callado tan injustamente. Tú te abriste a mí y yo no. Ahora tal vez entiendas la desazón que me provocó el disgusto que mantuvimos. No podía permitir que te ocurriese lo mismo que le sucedió al pobre viejo que tanto te quiere. Ahora debéis marchar. Me gustaría quedarme solo.

La humedad de la vega del río próximo calaba mis huesos envarados. A lo lejos, en la hondonada oculta tras la casa de Esther, se escuchaba el rumor de las cabriolas del agua jugando con las piedras del cauce humilde. Una solitaria farola, junto al portón, derramaba su desvaído haz de luz y formaba una cortina neblinosa. Alumbraba tan solo a la siempreviva que, sobre la tapia, atestiguaba el lento transcurrir de cada instante. La pareja se dio la vuelta y partió en silencio. María aún volvió sobre sí y me besó la mejilla. Cabizbajo, no la miré, pero escuché su sosegado lloriqueo. Avanzaron prietos sus cuerpos, con acompasados pasos que quebraban el suelo frágil del otoño. Atravesaron la claridad concisa y marcharon calle abajo. Quedé quieto y solo. Escuché alejarse con ellos al motor ronco de la mañana. Con ellos partía también la parte más oculta de mí. Me sentí liberado sin el peso de la carga. Permanecí así un buen rato. Al cabo de unos minutos fantaseé con María y Alonso amándose en la cabaña. Esa noche, en medio de la nada, ella bailaría para él y se desnudaría al ritmo lento de la más sensual de las danzas de la India. Se amarían sin prisa y dormitarían convertidos en un único cuerpo y en idéntica esencia. Con el sol de la mañana por testigo, tomados de la mano, se sumergirían en un baño tibio de espuma. La imaginé adentrarse primero a ella. Asomarían sobre el agua tan solo sus rodillas y los brotes rosáceos de sus tersos pechos húmedos. Reflejarían la luz del campo soleado a la espera de su amado. Alonso, apoyado suavemente en su vientre, libaría tiernas gotas en sus areolas y las entregaría a los carnosos labios entreabiertos de deseo de María. Los sospeché envueltos por un ligero murmullo de agua y espuma. Brillaría la espalda de Alonso como lo haría el rocío de los frutos del campo que, a esa misma hora, yo recogería de nuevo, rendido a la evidencia, entre cicatrices.

QUINTA PARTE

«El hombre puede trepar a las cumbres más altas, pero no vivir allí mucho tiempo».

George Bernard Shaw

Madrid, invierno de 2010

Llegó de repente el invierno a Madrid. Solía presentarse antes de que el calendario le otorgase seña de identidad. La mañana se vestía poco a poco de un sol radiante. Todavía temprano, me enfundé en la habitual bata de gruesa felpa y, descalza, miré a través de la ventana con una taza de café con leche bien caliente entre la manos. Un velo blanco de escarcha cubría las calles. Tan solo la rodadura dejada por los primeros vehículos era algo más oscura. Las guirnaldas navideñas, que atravesaban la glorieta a la altura del segundo piso, aún no se habían apagado. Su pujanza de la noche quedaba difuminada por la claridad incipiente. Eran multicolores y simulaban cajitas cuadradas de regalos sin desenvolver. El vaho de los tubos de escape y de las alcantarillas intentaba calentar la gélida alborada. Rocé el cristal con los nudillos y sentí que el hielo puro me traspasaba. Las últimas semanas habían transcurrido tranquilas. Haber participado a Alonso parte del recuerdo que me atenazaba me había traído cierta calma. Él se había marchado a Soria y me prometió traer de vuelta a María para que la conociese. En el fondo debía reconocer mi curiosidad por encontrarme con la escritora que a buen seguro también conocía ya de mis cuitas. Días atrás Alonso me había pedido encontrarnos en algún café literario de mi elección. Al parecer María buscaba decorados para su novela en ciernes. De camino a la ducha pensé dónde llevaría a la pareja.

Años después de casada, los niños partían a diario al colegio, mi marido al trabajo, y la sirvienta se quedaba en casa. Sin espacio vital propio, yo acostumbraba a deambular por el centro de la ciudad. Leía sobre los visitantes y las anécdotas de los cafés de antaño y me sentaba en ellos a imaginar las historias vividas allí por otros. A veces recordaba mi infancia en la playa y las historias de militares y piratas bajo mi lentisco. Algunas mañanas leía en el Café Comercial y me sentía importante en las mismas sillas que otrora fueran ocupadas en tertulia por Antonio Machado y Gabriel Celaya, por Carmen Martín Gaite y José Hierro, o Blas de Otero y Camilo José Cela. Leía *in situ* sus obras y las percibía con distinto aroma. En otras ocasiones caía presa del romanticismo de Lhardy reflejado en el espejo grande de la entrada y me adentraba en la eternidad tan magistralmente descrita por Azorín. Envidié una y otra vez no haber protagonizado la información que cuelga de su salón japonés según la cual en 1831 la reina Isabel II, después de «regodearse cumplidamente con el pollo de Antequera», dejó olvidado allí su corsé. Me gustaba el Café Gijón como siempre aprecié a Valle-Inclán. Lo imaginaba arrastrando su larga barba a deshoras en busca de la cena tardía. No pude asistir a las charlas de Ramón y Cajal ni a las de Benito Pérez Galdós entre sus cremosas columnas del Paseo de Recoletos, pero me conformaba con sorber sus letras apasionadamente.

De camino a la ducha pensé que María sabría de aquellos lugares. Debía proponer algo más original, con mayor tronío. Enjaboné mi ajados restos con una esponja desgastada y sospeché que debería renovarla a no tardar mucho. La rutina de secado me trajo una idea capaz de convencerme. Tomé el teléfono presurosa y marqué de memoria el número de Alonso.

–A las doce en Casa Alberto –largué sin saludar siquiera–. Está en el número dieciocho de la calle Huertas. ¿Pero hoy no trabajas?

–Hoy es sábado veintisiete, Irene. Los sábados no acostumbro a acudir a la oficina. Buenos días, querida.

–Hola hijo. Es cierto, ayer fue de nuevo veintiséis. Esto va que vuela.

Atravesé la pequeña Plaza de las Cortes. El suelo duro y helado aún no había recibido los rayos del sol. Me arrebujé en un abrigo gris tres cuartos y ajusté cuanto pude un gorro de lana a juego sobre la frente. Subí lentamente sobre los adoquines cuadrados de la calle del Prado. Admiré los menudos ciruelos rojos a ambos lados. Desnudos y yermos, ya mostraban sin embargo unos minúsculos botones. En febrero serían los primeros en engalanarse con sus pequeñas flores levemente rosadas, prolegómeno del follaje púrpura de sus hojas elípticas. Recordé que era la única especie de la que manaban las flores antes que las hojas. Pocos metros más arriba, una chica interrumpió mis andares y me pidió tomar una fotografía con su teléfono. Viajaba sola desde Brasil, me dijo. Saqué uno de los guantes encarnados y lo apoyé en el bastón, y a ambos sobre la cadera. Devolví una sonrisa y un retrato. A los pocos metros, admiré la casa en la que vivió Vicente Carducho, pintor de Felipe III y Felipe IV. Evoqué el retablo del monasterio cacereño de Guadalupe, obra suya. Lástima que su odio a Velázquez achicara ante el mundo su amalgamado clasicismo manierista. Cosas de la vida. Cada uno de mis esforzados hálitos arrojaba un vapor que desaparecía de inmediato devorado por el frío. Me sentí bien al abrigo del Barrio de las Letras, refugio de mi soledad durante lustros completos. En la confluencia con la calle del Príncipe se abrió a mis ojos la plaza de Santa Ana, dueña y señora del bullicio propio de repartidores, recaderos y oficinistas en pos de un café de recreo. Me asomé a la derecha; la callecita se deslizaba hasta la plaza de Canalejas. La calle del Príncipe, creo que en honor a Felipe II, fue testigo de los primeros corrales de comedias. Acogió la tertulia del Parnasillo en el romanticismo decimonónico. El Gato Negro ahijó la tertulia del Nobel Jacinto Benavente... Más recientemente, las Cuevas de Sésamo recibieron la visita constante de los Goytisolo, Quiñones, Marsé o Grosso.

Viré a la izquierda y recorrí los escasos metros que me separaban del local elegido. Una pareja de la Policía Montada paseaba los caballos que, a trancos alternos, evocaban ecos de otra época. El final de la callejuela se topaba, como siempre, con Casa Alberto, situada en la calle Huertas. Me dirigí con calma hacia el rojo y negro de su vieja portada. Pisé su madera oscura y escuché un leve murmullo del caño constante que manaba de las fauces de un lobo a la izquierda. El mostrador de una pieza sostenía una barra de zinc de las que ya no quedan. En su segunda mitad era de un mármol veteado de formas onduladas, semejantes a la aurora boreal. Admiré después de tanto tiempo las mesitas de madera oscura rodeadas por banquetas, la grifería del diecinueve, los torreznos, el vermú, los sifones de la casa y el olor intenso a berberechos con vinagre.

–Ese cabello rizado debe responder al nombre de María.

–Ha acertado usted –respondió la joven.

–Irene. ¡Qué alegría verte de nuevo! –dijo Alonso, de espaldas, mientras se levantaba a saludarme–. Estamos recién llegados; justo a tiempo.

–No te molestes, muchacho; ya tomo yo asiento. A poco que pasee me pesan las piernas y debo ponerlas en reposo. Sírvanos un vermú y unos torreznos, buen hombre –solicité sin mayor miramiento–. Es lo típico del local desde que ya no se tira la cerveza como antes por eso de las normas de sanidad que han llegado con el «progreso» –expliqué a mis jóvenes acompañantes.

Alonso parecía inquieto en espera de veredicto, mas no podía darlo sin al menos un rato de charla, aunque no dudaba de su tino. Podría darse el caso de que la pareja hubiera dado más importancia que yo al encuentro. En todo caso, la escritora era guapa a base de bien. Adiviné en ella la mirada profunda del alma nómada, un ser complejo y bello. Me persuadió con un atractivo halo de misterio en contraste con la sencillez del suéter beige de cuello vuelto, amplio y bien combinado con el conjunto. Aprecié con agrado la ausencia de ungüentos en su rostro.

–Alonso ansiaba que nos conociésemos, María. Este chico no da puntada sin hilo; algo se traerá entre manos.

–Nada en absoluto. Sois dos personas muy importantes para mí y saberos juntas me agrada mucho. Bueno, eso y que quiero sacarte de las cuatro paredes que te tienen presa.

–Ardua será sin duda la tarea, aunque, a trancas y barrancas, no puedo negar que algo logras. ¿Cómo es que crees que una vieja puede mostrar a una escritora un local con sabor a páginas de otros tiempos? –inquirí a María.

–Necesito alguno para la novela que tengo entre manos. Alonso me contó de tu afición por la literatura y algo me ha dicho de que acertaría si te pidiese consejo. Sin embargo, no me esperaba un lugar con las paredes repletas de recuerdos de fútbol.

–Casi nada es lo que parece. Este local se inauguró en el año mil ochocientos veintisiete y desde entonces mantiene el mismo aspecto, según se dice. Sin embargo, el mundo no nació hace dos siglos. Antes, en este solar hubo un edificio en el que habitó Miguel de Cervantes durante un par de años a comienzos del siglo XVII. En el lugar que ahora ocupamos, el creador de la novela moderna comenzó la segunda parte de su *Quijote*. Aquí se encerró para entregar al mundo *Viaje al Parnaso* y de entre esta porción de tierra manaron *Los trabajos de Persiles y Segismunda*. Nos encontramos en la que fue casa del manco de Lepanto, que no fue manco sino tullido, porque no siempre se cuenta lo que es, ni se conoce la verdad de las cosas, María.

–Muchas gracias, Irene. Supuse que nos sorprenderías. Ya sabía yo que no te conformarías con mostrar uno de los locales de tertulias de intelectuales –añadió Alonso.

–Esas ya no existen. Ahora los escritores dicen encontrar cuanto necesitan en su computador. Supongo que no serán así todos. Me consuela pensar que quizá algunos necesitan compartir mesa y discusión y crecer de la mano de otros contadores de historias. No sé, tampoco me preocupa en demasía. ¿Qué es lo que quieres contar en tu próxima novela, María?

–Ya me había dicho Alonso que sueles ir al grano –sonrió segura de sí misma–. Intuyo que todo cuanto nos sucede tiene una razón escondida que se revela poco a poco, *a posteriori*. Creo que lo que somos obedece a un orden supremo que obra a su antojo. Formamos parte de una especie de tablero en el que las piezas se combinan a merced de un equilibrio superior.

–Eso sostuve yo por un tiempo, mi buena amiga. Pero si he de ser sincera, hace mucho ya que no creo que todo ocupe el lugar que le corresponde si eso ha de incluirme a mí misma. Supongo que Alonso te ha puesto al corriente de la historia de mi vida que comencé a contarle. Es una muestra de que podemos enfrentarnos a nuestro destino y destruirlo. Soy la prueba de que ese orden que refieres no tiene mucho que hacer ante una cabezonería andaluza como la mía.

–Es posible que estés en lo cierto y que todo marche bien hasta que los hombres usamos eso que llamamos «libre albedrío» para perturbar el destino que nos ha sido dado. Sin embargo, dudo que seamos capaces de salir victoriosos. Yo creo que existe algo que nos supera, de lo que nada sabemos salvo por intuición. Eso que algunos llaman fe nos mantiene vivos. Deseo compartir con quien me lea la esperanza por un futuro pleno. Eso es todo.

–Afirmas cuanto imaginas y eso te honra. No obstante, es posible que el resto de la historia que comencé a contarle a Alonso pueda desmentirte.

–En efecto –manifestó Alonso–, utilicé tu permiso para relatarle a María hasta donde sabemos de tu pasado. Me gustaría mucho que los dos fuésemos testigos juntos del resto de lo que ocurrió, mi querida Irene.

Mantuve el gesto contrito al recordar mi pasado. Percibí la voz cansada y el ánimo alicaído. No me sentía en absoluto orgullosa de los días de mi vida que regresaban para ser contados. El recuerdo de la parte ya narrada logró no obstante aliviar mi pena. Debía seguir adelante aunque solo fuese por no defraudar a la encantadora pareja que habría los ojos de par en par. Si mi destino podía ayudar al menos a otros en su camino, tal vez valdría la pena.

* * *

Aún me parece sentir marcados los dedos de mi padre en el rostro. Llegamos a casa bien entrada la madrugada. Mi madre esperaba en el patio junto a mi hermana, apoyadas ambas de espaldas en el brocal del pozo. Se acercaron a saludar; mi padre evitó el encuentro, abrió la portezuela trasera, sacó la cabeza del venado muerto y lo depositó en una esquina del zaguán.

–¿Qué te pasa, marido? ¿No ha ido bien la cosa?

–Pasa que tu hija me ha dado el día. No sé qué vamos a hacer con ella. A dormir todo el mundo –sentenció.

Las horas de viaje en completo silencio me ayudaron a recomponerme. Estaba decidida a que nada ni nadie robasen la recién inaugurada felicidad. Tomé a mi hermana de la cadera y nos encerramos en la alcoba.

–¿Qué ha *pasao*, chiquilla?

–Ya te contaré, hermana –dije sin ninguna intención de hacerlo–. Una tormenta en pleno campo me hizo guarecerme hasta que escampó. Padre ha tenido que esperar y le ha *sentao* como un tiro. No te apures, un espetón de los suyos; no más.

En aquellos tiempos no había decidido si estudiar o si quedarme en casa, así que no hacía nada salvo ayudar en las tareas domésticas hasta que mi padre salía a patrullar. Entonces me escabullía bajo el lentisco de al lado del castillo cuartel y leía o paseaba por la playa. También quedaba con algunas amigas, normalmente al atardecer, pero no me entusiasmaban. Pasé la semana entera pensando en el perrero y soñando con la cita del sábado siguiente. Mi madre notaba algo; apenas probé bocado. El bofetón estaba tan presente aún que bastaba a sus entendederas como razón de mi semblante huidizo. Tal fue la cosa que llegué a preocupar también a mi padre. Me hicieron feliz sus sospechas a sabiendas de lo lejos que andaba de conocer el verdadero motivo de mi exilio. Pasaba gran parte del tiempo en la guarida deseando que llegase el día. Dejé de soñar con piratas a cambio de hacerlo con el amor. Cambié de lecturas y me topé con Platón y su *Banquete*. Era muy difícil entenderlo, pero resultó superior el ansia por comprobar lo que habían sentido otros hombres, y tan antiguos. Era como un jeroglífico apasionante. En esos días leí una frase que me ha acompañado toda la vida y que entonces no supe interpretar en toda su dimensión:

«El amor da la paz a los hombres, calma a los mares, silencio a los vientos, lecho y sueño a la inquietud».

Llegó el sábado por la tarde. Traté de simular desazón aunque hervía por dentro. Aquel chico no podía faltar a la cita. Dije que iba a leer un rato y que luego había quedado con algunas chicas del pueblo. Descubrí que mi lentisco se había engalanado para la ocasión con drupas de color rojo lustroso. Deambulé durante unos minutos alrededor del castillo antes de emprender la marcha. Casi una hora de camino me separaban de mi perrero. No quería llegar ni antes ni después. Caminé hacia poniente entre los guijarros de la playa sin acercarme a la orilla. Logré que la bahía me protegiese pronto de la vista de mi casa. Abandoné la playa y me alcé al cielo sobre abruptos acantilados. Me dirigía a la torre vigía de Cerro Gordo en la que había emplazado a mi joven pareja. Dudé de si acudiría y quise morir; apresuré el paso entre los senderillos formados por la erosión. Poco a poco dejé atrás los pequeños pinos. Sorteé incontables raíces y piedras encastradas en el camino en pendiente hacia el mar. Me volví a comprobar que la curva de la bahía seguía en su sitio, allá abajo. De cuando en cuando, alguna baranda de madera me protegía del precipicio. Cuanto más alta, más numerosas eran las cintas y menos frecuentes los jaguarzos de flores blancas y las aulagas amarillas. Abandoné las últimas sombras y asomó ante mí la parte superior del cilindro de la torre vigía de Cerro Gordo.

–Se trata de una torre circular del siglo XVI –les aclaré a María y a Alonso para recobrar fuelle–. Siempre protegió la bahía de La Herradura de los más diversos pueblos invasores. Antes también fue atalaya para los árabes. Desde ella se ve la torre de La Punta la Mona, al otro lado de la bahía. Se accedía a ella por una escala que se retiraba en caso de invasión, se prendía fuego dentro y así se avisaba a la región de la presencia del enemigo.

* * *

Terminé de subir y fue asomando la torre más grande y alta. Jadeaba por la fatiga, pero no quería parar. De pronto, la parte inferior del muro dibujó el relieve de una figura que miraba al horizonte de perfil. Era él; lo habría distinguido entre millones de almas.

–¡Ayyyyyy! –grité.

Corrí y corrí y él despegó su contorno de la pared y salió a mi encuentro. Vestía un pantalón vaquero acampanado y un polo verdoso muy ceñido. Yo una blusa rosa de seda tableada y una traviesa falda roja empeñada en juguetear con las rodillas de mi perrero. Volvió hacia arriba las palmas de sus manos a la altura de mi cintura y la tomó suavemente; yo apoyé las mías en su regazo. Nos miramos callados mientras la brisa hacía bailar nuestros cabellos en honor al dios Eolo… a todos los dioses.

–Estás preciosa, Rebelde.

–Tú tampoco pintas mal.

Rodeamos la torre a trompicones y nos pusimos a cubierto del mundo. El sol radiante comenzaba a desvanecerse lentamente. Desde el cabo de mar, a levante, mi Herradura. A poniente, los acantilados de Maro. Al frente el inmenso mar de limpísimo azul, testigo de la puesta de sol que celebraba el encuentro. Nos sentamos al pie del mortero de cal y charlamos arropados por incontables arrumacos.

–¿Te ha costado mucho encontrarme?

–Llegué ayer y al poco rato te tuve localizada. Dejé el trabajo en la finca y he buscado otra ocupación para estar a tu vera.

–Pues menos mal que no lo he sabido, que si no, anoche me escapo a verte.

–Haz el favor de ser prudente o nos cortarán las alas. Lo que siento es que en un mes, más o menos, tengo que volver a casa. Pero no te preocupes, en cuanto acabe el verano estaremos juntos de nuevo.

–No hables de eso, tonto. Ya llegará. Mira mi mar. ¿Te gusta?

–Me gustas más tú. Te he traído un regalo.

–¿A mí? No quiero que gastes dinero. Me basta y más que me sobra con poder estar contigo –sonreí mientras lo apretaba–. Bueno, dime qué es. No llevas nada encima que yo sepa.

Introdujo a duras penas la mano ruda en el diminuto bolsillo tejano. En sentido perpendicular al suelo extrajo un papel, lo estiró y lo puso ante mis ojos.

–Es para ti. En una semana poco más puede hacerse, pero espero que te guste.

–Mi perrero me había escrito el poema más bonito que jamás he leído –dije mientras extraía del bolsillo del abrigo gris un papel amarillento doblado en cuatro partes. Las lágrimas no se sostuvieron en los ojos–. Tal vez no fuera el de más enjundia lírica. Es seguro que no sería valorado como uno de los mejores de la Historia, pero para mí fue el mejor de todos. Da igual cuánto tiempo pase. Seis estrofas de endecasílabos al más puro estilo de Garcilaso. Como si aquel hombre iletrado hubiera sabido de algún modo que fue Granada la ciudad que introdujo en España la métrica italiana y los versos de once sílabas de la mano de Juan Boscán y quisiera honrarme con ello. Lo he traído para compartirlo con vosotros. Me ha acompañado todos estos años. Es lo único que conservo de él –sollocé–. Me gustaría que lo leyeseis juntos mientras recobro el ánimo. La letra es preciosa, alta y delgada en ligera diagonal a la derecha. Los dobleces han borrado parte de algún rasgo, pero creo que se entiende.

Yegua negro azabache

¡A qué tus patios floridos, Granada;
a qué lucirte las Cruces de Mayo!
Yerma quedaste al parirla tan bella;
no más alfareros, ya no más barro.

Un rayo de sol del primer estío,
vino a pintar de negro tus ojos.

Lució negras tus negras crines y
negro azabache, mi yegua tu dorso.

Cabalga mi alma tu cuerpo desnudo;
suda colmado tu pecho; caricias.
Envuelvo tu vientre y ya somos uno;
botijo flamenco que baila y baila.

Escucha el mar en la tarde tu tranco;
herradura la playa, en guardia forma.
Besan la arena y los cantos tus huellas;
el agua las borra y las llora, llora.

La luna clama a la noche que venga,
te mira en el campo, desea amarte.
Mas eres más de lucero brillante;
te quiero yegua negro azabache.

¡A qué tu muralla y su lienzo, Granada;
a qué la greda en el horno moruno!
Yerma quedaste de al yugo no uncirla;
de nadie eres yegua, mi yegua es del mundo.

* * *

No supe qué decir. Un perfume de algas, romero y tomillo embriagó aquellos irrepetibles instantes. El sol refulgía sobre la mar y enviaba sus rayos postreros. Admiramos el suave contorno del astro en decadencia y unimos nuestras almas en silencio. A punto de desparecer en el horizonte, un último haz, efímero y sutil, se dirigió a nuestras frentes. Sentí ser bendecida por el universo.

–¿Has escrito este poema tú solito?

–Me han echado una mano, pero te prometo aprender bastante para poder escribirte muchos, muchos más. Le expliqué lo que quería hacer a un compañero de la finca; el hijo de un señorito que echa una mano de vez en cuando. Me enseñó a contar las sílabas y a que sumaran once en cada verso. Luego cada estrofa, cuatro versos, y así.

–Es muy bonito. Muchas gracias. Lo guardaré siempre conmigo. Es una pena pero tenemos que regresar o se nos hará de noche. Ya tuvimos bastante lío la semana pasada. Si te ve mi padre te desloma –rematé mientras me levantaba inmersa en una temeraria risa inconsciente–. Mientras bajamos se hará de noche. Al llegar a La Herradura, tú bordearás el cuartel por la playa y yo lo haré a la izquierda. Atravesaré la entrada sin ser vista. A la vuelta hay un pequeño lentisco que destaca entre el matorral. Es la guarida en la que me refugio cada día y a veces por la noche. No quiero despedirte sin reunirnos allí.

El espacio resultaba escaso para ambos, lo que facilitaba que nos arrebujásemos. Nos tumbamos boca abajo, apoyamos las manos cerradas en las quijadas y contemplamos la luna, aún esplendorosa al inicio de su cuarto menguante. Su fulgor sobre las olas en calma se movía trémulo en dirección a la arena e iluminaba levemente la covacha natural. Nos incomodó la losa con la que yo ocultaba algunos libros de vez en cuando y que se clavaba en las costillas. Me incorporé para enseñar al joven campero *El Banquete*, imaginado hacía unos dos mil quinientos años por Platón.

–Esta mañana pensaba en ti y he leído una frase preciosa. Me gustaría compartirla y que fuese nuestro lema; algo así como la semblanza que resume todo cuanto debemos a la vida por habernos encontrado:

«El amor da la paz a los hombres, calma a los mares, silencio a los vientos, lecho y sueño a la inquietud».

–Es muy bonita, Rebelde. Esto que dices deja muy chica mi poesía, pero me gusta como título de nuestra relación secreta. Eso sí; soy un poco duro de mollera. Habrás de repetírmela cada noche en este mismo sitio durante, como poco, unos cuantos días seguidos.

Guiñó un ojo y aproximó su rostro al mío. Nos amamos tumbados a cubierto. Aunque, a decir verdad, el recato fue mayor que en la barraca bajo la tormenta.

Un día tras otro visitamos parajes de aquí y allá. Durante el día, él cumplía su peonada y al atardecer nos encontrábamos en el lugar previamente señalado. Cantarriján y Las Alberquillas, Marina del Este, la Ensenada de Los Berengueles. Mar y montaña, arena y roca, aves y brisa, olas y guijarros; un lugar llamado paraíso entre la tierra y el cielo. Nada sospechaban en casa de mis devaneos... o eso pensaba yo. Pero resultó que quise bucear con él en el peñón de Las Caballas. Le conté a mi perrero que, en mil quinientos sesenta y dos, el grupo más grande de carabelas que surcaba los mares europeos fue hundido en aquellos lares por un cruel tornado. Nadie las había encontrado y yo soñaba con hacerlo algún día. Cinco mil hombres perecieron en pocos minutos. Por aquel entonces tan solo quedaban como recuerdo algunas anclas que adornaban los porches de alguna que otra casa de recreo y que tanto me gustaba detenerme a contemplar en mis paseos. En Las Caballas, un pasillo de rocas grises daba acceso a las aguas someras por una escalera horadada en la piedra. El agua era clara y pura, y se podían ver los más diversos pececillos juguetear con las algas que se alzaban sobre un formidable tapiz de anémonas. El azul del océano se diluía en un tono turquesa bajo la lengua en la que nos sumergimos a resguardo de la curiosidad ajena. Él no sabía nadar y yo me reí mucho con la torpeza supina de cada resbalón sobre las rocas húmedas. Mi grumete era de tierra firme; fue muy chistoso observarlo frágil y desvalido.

–¿Nadie os vio durante días en un lugar tan pequeño? –preguntó María. Alonso, absorto, le hizo un gesto para que me dejase continuar.

–Una niña enamorada habita una burbuja que oculta el exterior como si nada.

* * *

Abandonamos el agua entre chanzas y bromas. Nos secamos uno a otro envueltos en cariñosos retozos y al descuido. De pronto, en el camino que da a Marina del Este, nos topamos de bruces con la persona más cotilla y descarada de la comarca. Se trataba de la amargada vecina que nos había prestado la vestimenta para la montería. Paseaba acompañada del brazo por su inseparable criada. No contesté a su descarado improperio y seguimos en sentido opuesto. Estuve segura de que, en menos que cantaba un gallo, la bahía entera conocería de las andanzas de la desvergonzada jovencita que lucía palmito medio desnuda al caer la tarde junto a un desconocido.

Nos emplazamos en el lentisco para el día siguiente. Como en las últimas jornadas, se volvió varias veces y alzó otras tantas el gesto en señal de despedida. Su figura se desvaneció y evoqué la primera vez que lo vi empequeñecerse en la lejanía entre los matojos del monte cordobés. Ya en casa, subí a la alcoba y encontré a mi hermana que se entretenía tejiendo a punto de cruz. No le había contado nada, aunque la creía preocupada por mi actitud de días pasados. Siempre tan distintas, nos queríamos mucho.

–¿Qué te pasa, hermana? Me tienes en vilo. Si te puedo ayudar en algo... Tienes que olvidar ya el mamporro que te propinó padre. Él es así, pero todo pasará –me dijo poniendo una de sus manos sobre mi muslo con cariño.

–No es eso. Se va a volver a liar parda. Ya lo verás. Quiero que sepas que, ocurra lo que ocurra, por un lado me va a entrar y por otro saldrá.

–Por favor, me asustas. Mira que te conozco y algo tramas...

–Nada de qué apurarse, chiquilla. Soy la persona más feliz del mundo y eso nadie me lo quita. ¿Tú estás conmigo?

–Yo siempre voy a estar contigo. Solo tengo una hermana, así que tendré que cuidarla –concluyó mientras me abrazaba–. Si no me quieres contar nada, pues no lo hagas, pero que sepas que estoy aquí para cuanto sea menester.

A los pocos minutos, rezongó el tirador de la puerta y entró mi madre sin pedir permiso. Traía lívidos los labios y la expresión contrita. Se sentó de lado en la cama, junto a mí y miré al suelo. Pidió a Lucía, que así se llamaba mi hermana, que nos dejase a solas. No olvidaré jamás su cara de susto. La pobre era más buena que el pan. Maldije a la zorra de la vecina y a toda su estirpe. La rabia que me bullía dentro no dejaba salir las lágrimas que se amontonaban en el cerco de los ojos y temblaban. Solo ante mi madre sería vulnerable y ambas lo sabíamos. Fue un ser excepcional; nada que ver con su marido a quien, sin embargo, los años cubrieron de aprecio.

–Hija mía –comenzó sin hacer preguntas–, el pueblo entero sabe de lo tuyo con ese muchacho. Tu madre lo leyó en tu mirada desde el primer día, pero tienes derecho a vivir, por eso he guardado silencio. No sé quién es el chico ni de dónde ha salido, pero un jornalero no te conviene.

–Si me conviene o no, soy yo la que ha de saberlo –repuse iracunda.

–Cálmate, cariño, así no solucionarás nada. Nadie más que yo quiere ayudarte. Verás, la vida es muy larga; lo que ahora crees que es bueno, mañana puede ser causa de arrepentimiento y eso sí que no tendría apaño. Eres guapa y lista; tienes que intentar buscar algo mejor y, si puede ser, algo más tarde. Eres una cría aunque te hayas enamorado. Tu madre te parió de sangre caliente y eso no hay quien lo cambie.

–Madre, yo le quiero mucho, mucho más que a mí misma –sollocé venida abajo–. Es muy atento, me cuida y... –me atreví– me ha dado más besos en unos días que padre en toda su vida junta. Me siento querida y no voy a renunciar a ser feliz.

–Nadie te dice que lo hagas. Puede ser tu amigo, como uno más de los del pueblo cuando los tengas. Quise dejar pasar el tiempo y que te percataras tú misma, pero la chismosa de la vecina ha precipitado la noticia y llegará a oídos de tu padre en un santiamén. A saber lo que irá diciendo su mala saña. Si no hoy, mañana estará al tanto.

–Voy a verlo cada día y no va a prohibírmelo.

–Hija, por el amor de Dios. Trata de ablandar tanta terquedad. Claro que puedes verlo cada día; en eso te puedo echar una mano con tu padre. La cosa es que citarse a solas, una chiquilla como eres, no está bien y debes entenderlo. Créeme que todo pasará y que tu madre va a estar siempre a tu lado. ¿Se lo has confesado a tu hermana? –preguntó pendiente de todo detalle.

–No. A nadie.

–Creo que debes hacerlo ahora. Está muy disgustada. Te quiere mucho y se siente mal. Le parece que no cuentas con ella.

Asentí mientras barría lagrimones con el dorso de la mano. Las dos hermanas pasamos un buen rato encerradas. Le avancé lo que pude ante su asombro. Ella, más mayor, no había soñado hablar con un chico ni por lo más remoto. Aún así no le dije quién era, ni cómo lo había encontrado. Quería mucho a Lucía, pero el secreto era demasiado elevado, demasiado sublime como para ser repartido. Solo yo, él y el cielo lo sabíamos y así debía seguir siendo. Así ha sido hasta este momento en que os lo participo, mis queridos María y Alonso.

De pronto se escuchó un estruendo en el patio seguido de la voz en alto de mi padre. Mi hermana apretó sus manos sobre las mías y tembló. Fui yo quien la tranquilizó con la fuerza que solo el amor incondicional otorga.

–Chicas, mujer –gritó fuera de sí–. ¡A la cocina inmediatamente! Esta es muy gorda.

–Vamos hermana, no te apures; matarme, no me va a matar –sonreí valiente.

Descendimos por la escalera de terrazo jaspeado en blanco y negro. Cada paso sonaba pudoroso en un intento por frenar al siguiente. Mi hermana mordía su labio inferior con tanta fuerza que pensé que se lo iba a separar de la boca. Sus uñas se clavaron en mi muñeca; me causó daño pero no quise hacérselo saber. Abajo, a un par de metros del fin del descenso, la puerta de entrada a la cocina, blanca, alta y estrecha quedaba entornada y mostraba restos de pintura descascarillada de un matiz verdoso. La abrió ella y yo pasé a continuación tomada de la mano. Mi madre aguardaba circunspecta y no parecía haber hablado aún con su marido. Él, con una sonrisa de oreja a oreja, nos miró apoyado en el fogón. Detrás suyo se elevaba el vaho del guiso para el puré de la noche y formaba un halo en torno a su cara. Olía bien.

–¿Qué pasa, familia? ¿A qué vienen esas caras de funeral?

Mi madre nos hizo un gesto para que nos sentásemos. Al parecer, aún no se había enterado de nada.

–Nos vamos a Madrid. Vuestro padre ya es teniente de la Guardia Civil. He sido destinado a la agrupación de tráfico nada menos. De ahí para arriba, mujer –dijo mientras se dirigía a ella y la alzaba por las axilas–. La mudanza comienza mañana y nosotros salimos dentro de dos días. ¿Pero es que aquí no va a alegrarse nadie? –preguntó sin solución de continuidad.

–No es eso marido –respondió ella–. La noticia es buena y nos alegramos por ti. Pero para nosotras será un cambio enormísimo el de vivir en una ciudad tan grande y sin conocer a nadie. Las niñas tienen aquí su vida. Déjanos que lo asimilemos, hombre.

–Vamos a vivir en el cuartel de Las Cuarenta Fanegas, en la calle del General Mola, una de las principales de Madrid. Allí conocerán gente nueva. Tú también hallarás acomodo, no te apures.

Mi vida en Madrid estuvo ligada desde entonces a esa calle. Vosotros la conocéis como Príncipe de Vergara desde que el alcalde Tierno Galván le repuso su denominación original. Durante unos años estuvo dedicada al General Mola, un golpista destacado contra la Segunda República –apostillé–. Cuando me casé, recibimos de mis suegros como regalo de bodas mi actual casa, sita también en la calle Príncipe de Vergara, a su paso por la glorieta del Marqués de Salamanca.

El impacto por la noticia recibida convirtió en nimia la cuita de marras. Ya no importaban mis encuentros con un extraño; los dimes y diretes del vecindario habrían de quedar en el olvido. Cruzamos gestos inquisitivos. No supe averiguar el sentir de mi madre, pero vislumbré cierto alivio en el de la hermana que tanto me quería. Yo me debatía impotente entre la huida y el esfuerzo por recordar las indicaciones recibidas sobre nuestra próxima morada. «Él sabrá cómo encontrarme, estoy segura», me repetía a modo de consuelo. Pasé la noche en vela ideando el mejor plan de entre los posibles.

A la mañana siguiente, me dirigí rauda a la biblioteca de la que tan asidua era. Tras la fachada amarillenta, en su mesa de siempre, repleta de sellos, tarjetas y resguardos aguardaba Ascensión, la mujer de Emilio, hijo de Guardia

Civil como servidora. Qué guapa había tenido que ser esa mujer. Aún atesoraba por entonces ademanes generosos y la donosura propia de la tierra engarzada con ojos del mismo color que la mar. Con el tiempo hicimos tanta amistad como permitía la diferencia de edad. Siempre tuve una confidente más entrada en años. A mi llegada a Madrid, su lugar fue ocupado por Dolores, la mujer del gobernador que se había empecinado en estropearme la vida a toda costa. Aquella bibliotecaria me enseñó más que la mayoría de los maestros que me fueron tocando en suerte. Me conocía bien y sabía que algo había cambiado a la par que el contenido de los libros de mi elección.

Aquella mañana no dije palabra y tomé asiento en uno de los pupitres de la enorme sala de amplios ventanales y paredes forradas de libros. Tomé papel y pluma y escribí a mi perrero:

Hola, querido,

A estas horas, es bien seguro que la vecindad al completo sabrá que te conozco y que nos vemos a solas. Nadie, sin embargo, se acercará a intuir apenas cuánto te echo de menos. No es ese el motivo de mis palabras que, ya lo sé, te causan sorpresa. La razón verdadera de esconderme tras estas líneas es la misma por la que mi cobardía habrá de convertirme en víctima. No tengo valor para despedirme de ti, aunque he de hacerlo.

Anoche, mi padre nos comunicó el traslado de la familia a Madrid. Anduve en un tris de correr en tu busca, pero al pronto me dije que tal hazaña no llevaría a buen puerto. Mi padre te conoce; es el único que te hilaría con la montería, pero no sabe que nos seguimos viendo desde la noche en Hornachuelos. Está tan embebido en su ascenso a teniente que nos ha procurado, sin quererlo, la ocasión idónea para pasar desapercibidos.

Cuando leas estas letras yo estaré a punto de marchar a aquella ciudad y vigilada del todo. Lo sucedido no ha de ser más que un adelanto de la despedida que, de todos modos, acechaba en unas semanas. Viviré en un cuartel al que llaman de Las Cuarenta Fanegas en la calle del General Mola. Por favor, ven a buscarme. Te añoraré cada minuto. Mi existencia es otra desde que te conozco y lucharé por ti toda mi vida.

El día que nos conocimos era veintiséis. Hasta que nos veamos, el día veintiséis de cada mes celebraré haberte encontrado. Sé que tú también lo harás. Ese será el día que celebremos siempre como propio. Recuerda:

«El amor da la paz a los hombres, calma a los mares, silencio a los vientos, lecho y sueño a la inquietud».

No deseo partir sin entregarte el soneto que dejaré en esta tierra, bajo la losa de nuestro lentisco. Lo verás junto a la carta que ya termino, a punto de comenzar a echarte de menos a cada instante, perrero. Acepta este breve poema como prueba de mi amor por ti y por la tierra que abandono.

Lacias hojas, lentisco

Lacias hojas, lentisco; el alma muda.
Quisiera hablarte, mas ahíta no puedo.
Igual que el árbol en vano denuedo,
yace cual rama mi vida desnuda.

La rosa postrera al hombre saluda;
crepitan mis pasos; lo hacen con miedo.

Soy como el humo, que ya no halla hospedo.
Muestras hoy, alma mía, tu faz más cruda.

Lenta y cruel; marcha, clamor, quejido.
Árbol, rama, rosa, humo; eso por todo;
nada queda del día anochecido.

Sabe el cielo que no encuentro acomodo
que es mi propio ser por mi aborrecido.
Árbol, rama, rosa, humo; eso por todo.

–Ya me voy, Ascen. Marcho para siempre.

–Lo sé, Irene. El pueblo entero conoce vuestra partida. Da mucha lástima perder a la mejor lectora de la comarca. También saben todos de tus andanzas con ese mozo tan guapo. Alcahuetes hay en todas partes, pero esta se va a quedar con las ganas de herirte.

–Gracias por tu cariño. Eres un sol. Te llevo aquí dentro, bien hondo, ya lo sabes –balbuceé pulsando el pecho con el dedo índice–. No voy a despedirme de nadie, pero tú eres otra cosa.

–Adiós Irene. Venga, vete. Nos va a dar una llorera y eso no vale de mucho. Escríbeme si te acuerdas.

* * *

Debía llevar bastante tiempo escurriendo la humedad del pañuelo que pasaba de mano en mano, a juzgar por las arrugas de la tela y lo rojizo de mis pulgares. Se hizo el silencio en la mesa de Casa Alberto. Intuí haber llamado la atención de los escasos huéspedes a medida que el alma me susurraba el soneto que una vez compuse. Lo recité de nuevo, tantos años después, con voz profunda, serena, adobado en llanto y resignado desconsuelo. No fue misión sencilla la de recorrer los pasillos que conforman la historia agazapada de mi primer y único amor. Mas la liberación del alma pedía aún un último esfuerzo y me sentí dispuesta a atender su plegaria. Apoyé la goma del cayado quieto sobre la madera viva a través de tanta historia pasada. Cervantes, Lope de Vega, Góngora y Quevedo de a una pisaron antes nuestros pasos en la misma calle de las Huertas que tomamos en descenso. María trataba de evitar las frases talladas en el firme, mancilladas por una insensata inmensidad de suelas y neumáticos. Nos caímos bien. Recogí mi cuerpo enjuto entre ambos jóvenes y avanzamos en silencio. El frío de la mañana invernal helaba los restos de lágrimas en la mejilla y dibujaba su trazo como postrada ante un espejo. De entre las varias travesías posibles, elegimos llegar en línea recta hasta el Paseo del Prado. Desde allí cruzamos al bulevar copado de majestuosos plátanos, coníferas y acacias. Grupúsculos de pajarillos saltaban de copa en copa como colegiales a escape. El bullicio de coches y peatones a toda marcha era abrumador. Al frente, acariciando la fachada del Museo del Prado, volví a contemplar, quieto, recto, impasible, el liso tronco gris del almez desnudo más antiguo de la capital. Podría ser casi tan viejo como servidora, expresé para los adentros aún a sabiendas de que varios siglos lo contemplaban.

–¿Hacia dónde vamos? –preguntó María.

–Me gustaría visitar la iglesia en la que contraje matrimonio. No he osado hacerlo aún desde aquel lejano día. Queda poco trecho a mi historia. Si sois tan amables de recorrerlo con este pobre vejestorio, os estaré muy agradecida.

–No hay inconveniente –repuso Alonso–. Aún disponemos de tiempo antes de convidarte a almorzar. Favor por favor, nos haría bien no escuchar tus flagelos constantes. Los sufro como dardos, Irene.

–Estás en lo cierto, hijo. Disculpa. Tratarme mal fue el único alivio que hallé desde joven, por extraño que parezca.

Pasamos revista a la estatua de Velázquez. Escoltado por las seis columnas toscanas del pórtico del edificio Villanueva, no prestó mucha atención a nuestro paso. Paleta en ristre, permaneció sentado y huidizo. El original frontón rectangular sobre la columnata principal reflejaba los tímidos rayos invernales y doraba el rostro de Fernando VII. Bordeamos el neoclásico exterior de una de sus dos largas galerías y elevamos la vista sobre el mármol que sostiene el Goya esculpido en cobre. Correspondió mucho más atento, con el sombrero de copa a la cadera y la mano diestra a la espalda. Perdonamos su perenne ceño fruncido; a los genios se les apean ciertos achaques tan propios de su talento. En paralelo a la calle de Felipe IV, nos dispusimos a escalar sobre las diversas tandas de cuatro estribos separadas por ocho o diez descansillos sanadores. A la derecha, en diagonal, se alzaba el gótico de la iglesia de San Jerónimo el Real. La gran escalinata, construida con motivo de la boda del rey Alfonso XIII, trepaba hasta el arco carpanel que enmarca el atrio de entrada. Al fondo, precedidas de varios pináculos, remate de arbotantes y contrafuertes, dos torres gemelas anuncian la capilla mayor en el interior, apuntan al cielo y ruegan por la dicha de los matrimonios que juran unir sus manos, y algunos también sus almas. A punto de regresar la emoción por lo vivido, percibí un Dos Caballos burdeos y negro estacionado en el lugar señalado para novios y personalidades. El destino se mostraba de nuevo presto a jugar conmigo.

–Así era el coche en el que me trajo mi padre a la ceremonia. Ese no es de la Guardia Civil, pero el modelo sí, idéntico –señalé a mis amigos.

–¡Menuda casualidad! –intervino María–. Un vehículo tan antiguo justo cuando nosotros nos acercamos, e igualito que el de tu padre.

–Desconozco si esa afirmación encaja con tu novela, María. Según tú, el cosmos tiene todo listo y va desbrozando pequeñas briznas a nuestro paso. En tal caso, las casualidades no existen. Todo es causalidad. Déjame que descanse un poco –dije mientras tomaba asiento en un banco de piedra bajo el árbol con forma de fresón gigante que siempre permaneció allí–. Para Einstein, el tiempo y el espacio, los dos componentes esenciales del universo, son fluidos y flexibles. Él los tomó en cuenta de a una, no separados como acaba de ocurrirte. Entonces dedujo que todo es posible y todo es uno; la misma cosa. Cuando entremos ahí arriba, en la iglesia, voy a demostrarte que hasta Einstein se equivocaba. Tendrás que meditar algo más sobre lo que deseas dejar escrito, amiga mía.

–Tal vez seas tú quien yerre –rebatió Alonso con tacto–. Tuve fama durante los primeros años de razón de ser un muchacho incrédulo y, ya ves, hoy sé que todo puede pasar; sé que debemos vivir en la esperanza de que cada deseo se cumple cuando es lo bastante poderoso.

–Pues hala, entremos a ver si encuentro allí a mi *perrero* convertido en icono y lo podemos revivir para darle un abrazo bien prieto –añadí con la guasa necesaria para distender el momento.

Tomamos asiento en la última fila de la bancada izquierda, el ala destinada a los invitados de la novia. Desde allí, precedido por una larga bóveda de crucería, pudimos admirar el retablo mayor y el cuadro de grandioso tamaño que representaba la última comunión de San Jerónimo. A los lados, preciosas rejerías cerraban las capillas laterales y las tribunas altas sobre los muros. Escultura, pintura y mármol de postín, decoraban la regia nave. De la pared pendían varios incensarios convertidos en lámparas. Los pensé dispuestos para señalar la profundidad del acceso al que cada quien tenía derecho según su boato. Nos acomodamos en el banco y susurré a mis amigos el resto del relato escondido.

* * *

Resultó que llegamos a Madrid un día de primavera y anduvimos preguntando cómo llegar al cuartel. Las dos hermanas nos burlamos a hurtadillas ante el esperpento que suponía que un agente de tráfico no conociese la ciudad en la que trabajaría.

–Imaginad –subrayé–, un vehículo de la Benemérita preguntando a los viandantes cómo llegar hasta una de las principales arterias de Madrid.

* * *

Las avenidas eran amplias y bulliciosas. Los vehículos a motor compartían el espacio con traperos en volandas de los carros tirados por una sola bestia. Supe entonces que recogían ropas viejas y las cambiaban por los más diversos cachivaches para el hogar. Por fin nos detuvimos ante un edificio enorme y horrendo. Nos saludaron unos vigías que se cuadraron ante los galones recién estrenados del teniente. La casa en la que pasé dos escasos años era sórdida, desgarbada y fea. La mudanza había concluido. El venado desecado ocupaba un lugar preferente en el salón. Mi perrero lo había conocido; su presencia era la de ambos. La más grande confidencia se exponía a la vista de todos. El misterio más oculto hallaba respuesta en el muro que consolaría mis primeros meses en Madrid.

* * *

Me adapté con celeridad. A los pocos días de nuestra llegada, recibimos la orden de mi padre de acudir juntos a visitar al «señor gobernador» a su casa. Poseía un edificio al completo situado en la calle de Bravo Murillo, en el número once. Nos recibió el servicio. No me acostumbré nunca a ser distinguida por otros seres humanos. En el fondo, yo provenía de esa clase de gente. Allí acudí incontables ocasiones a departir con Dolores, esposa infeliz, triste preludio de mi destino. Aquella tarde ocurrió que su hijo, el cigüeño que creí abandonar en la montería cordobesa, salía con sus amigos a dar una vuelta. Su madre nos ofreció acompañarlo y mi hermana asintió tímida. No podía creer que profesara la más mínima atracción por semejante espécimen.

Bajamos a la calle y cruzamos hasta un garaje situado en la acera de enfrente. En el interior, diversos vehículos grandes de sufridas tonalidades hacían destacar aún más el rojo intenso del flamante Alfa Romeo Giulietta descapotado del niño de su papá. Lucía señaló de tapadillo el asiento del copiloto. Me acurruqué como pude en el ínfimo espacio dedicado a los pasajeros acompañantes. Tomamos unas cuantas vías, desconocidas para mí por aquel entonces, y abandonamos la ciudad en dirección Norte. Éramos observados por la turba con envidia; también con distancia. El chico mostraba su acostumbrado desdén ante la diferencia. Tomamos la carretera de Burgos y el motor rugió impetuoso. Lamenté no haberme cubierto el pelo con un pañuelo. Transcurrida media hora al menos, aún no había decaído el ademán de asombro de mi hermana. Nos desviamos a la derecha y discurrimos por entre una retahíla sin fin de casas y piscinas que se hacían hueco entre el recorrido de golf del Real Automóvil Club de España que veía por vez primera. Ese, y cualquier otro. Las curvas cerradas a derecha e izquierda se adornaban de pinos retorcidos y surcaban los distintos hoyos señalados por banderolas de color carmesí. Desembocamos al pronto en una enorme edificación de planta baja rodeada por el verde intenso del césped peinado en hileras. Nos detuvimos junto a un grupo de mozalbetes. Ellos se repartían cigarrillos Winston y ellas posaban ante unos u otros de forma alternativa. Permanecieron quietos ante la sorpresa de nuestra presencia. Lucía se secó las manos en las caderas y nos quedamos quietas también.

–Hola pandilla –saludó el chico–. He encontrado a estas dos bellezas andaluzas y las he invitado a acompañarnos. ¿Os parece bien? –consultó altivo.

De tal modo ocurrió el primer encuentro con la que sería nuestra cuadrilla; un intento de vivir por encima de nuestras posibilidades que nos obnubiló a ambas, aquella tarde más a Lucía y a la postre mucho más a mi despechado carácter. Pocos días después conocí entre ellos al que sería mi marido. Era muy guapo, prudente y atento. El hombre adinerado que toda chica quisiera alcanzar, aunque a mí no lograra hacerme feliz. A los dos años de conocernos nos casamos en esta iglesia que ahora nos acoge.

–No te encontró entonces tu perrero, Irene –supuso María.

* * *

No pensaba en otra cosa durante los primeros meses desde nuestra llegada a Madrid. Salía a pasear con afán de verle aparecer. Cada esquina parecía esconderlo a la vuelta. Cualquier recoveco sugería cubrirlo agazapado. Transcurrió una semana y luego otra. Me consoló el pensamiento de que de todas todas debería regresar a su casa; pero eso sería en verano y aún era primavera. No habría podido dejar la tarea en La Herradura tan de sopetón...

Una mañana, en los últimos días de mayo, de regreso de comprar el pan me abordó un muchacho. Se acercó oculto por una gorrilla y un chaleco con lustre perdido de largo.

–¿Es usted la señorita Irene, verdad?

–Sí, yo misma. ¿A qué viene tanto empeño, chico?

–Me han pedido que le entregue este papel. Aquí lo tiene –se dio la vuelta y se marchó al galope.

–Estos mismos dedos que veis –les dije a María y a Alonso, incómodos en el banco de la iglesia, pero ávidos por saber–, hicieron las veces de estilete y abrieron el pequeño sobre amarillento que reposaba sobre mis palmas.

* * *

Querida Irene,

Me haces mucha más falta de lo que crees. Pensé que podíamos ser amigos de los de verdad, para siempre. A lo mejor aún lo sigo creyendo, pero tuve que desaparecer porque si no iban a ocurrir cosas de las que nos íbamos a arrepentir los dos; al menos yo. Te sigo queriendo igual, que lo sepas.

Gracias por preocuparte tanto por mí y por ser tan buena persona.

Un beso

Sabía dónde vivía. Me había encontrado. Supuse haber sido espiada. Si no, cómo habría podido dar conmigo el recadero entre la multitud. Maldije a mi perrero rota de dolor. Era un cobarde y un interesado. Había tomado de mí lo que había querido para huir como las ratas a la mínima de cambio. Lloré todo un río; dejé de comer. Quise morir. Mis padres desesperaban tras cada intento infructuoso de auxilio. Lucía también trató de ayudarme sin éxito al principio. Regresé de su mano al club de golf con despecho. Se iba a enterar ese carnicero de pueblo de quién era yo. No había nacido aún el hombre capaz de humillarme. Sería una niña bien y tendría posibles. Él podía pudrirse en las hogueras del infierno. Era un idiota sin dos dedos de frente incapaz de vislumbrar un palmo más allá de sus narices.

Me acerqué al muchacho más guapo de todos, al más prudente, al más acaudalado según parecía. Por un tiempo estuve convencida de que, además, podría aprender a quererlo. Convine en soledad que el amor se educa como en la escuela los números. Al poco tiempo, me recogía de vez en cuando en el cuartel. Mis padres, y sobre todo él, se mostraban encantados. El hijo de un militar, un muchacho bien parecido a punto de convertirse en ingeniero de minas. Un futuro más que prometedor para una niñata que no quería estudiar y que solo leía historias sin ton ni son.

Año y medio después, la mocita que contaba dieciocho primaveras entró por la puerta que está detrás de nosotros. Llegué lista para ocupar la jaula de oro y diamantes de la que aún hoy no he logrado escapar. El Citroën Dos Caballos con el que llegué a ser entregada por mi padre estaba a punto de ceder los trastos a un flamante Lincoln Continental enjalbegado de un brillante cobre vaporoso. Demasiado destello para ser obviado por una joven de provincias deseosa de comerse el mundo.

Avisados de que madrina y novio habían cumplido su paseíllo, recorrimos los pocos metros que aún nos separaban de la iglesia. Salí a duras penas de «la cabra» y una tía me colocó el ropaje. Vestía un precioso traje de organza, parecido a la muselina, de un tono marfil apenas perceptible. La melena de negra yegua azabache quedaba oculta por un moño bajo, enfundado en un tocado floral con forma de arco de herradura, como mi playa. Los pendientes, dos discretas perlas. No quise usar collar, ni la tiara de postín que me ofreció Dolores. Los usó en su boda y agradecí tanta generosidad; era yo más guapa a secas. El velo, de tamaño medio, envolvía mi joven rostro y me cubría la piel tersa y suave a la altura del cuello barco que lo sustituía hacia abajo. Descendía ceñido el vestido al compás de la figura que deleitaba a propios y extraños. Se abría luego en el suelo, como la cola plegada de un pavo real. La única pulsera de mi abuela asomó tímida y se colocó sobre el brazo de mi padre, ataviado con el uniforme de Gran Gala del cuerpo. Lo noté guapísimo con su tricornio casi negro y dorado con un botón al frente. La levita azul marino, decorada con dos hileras de grandes botones dorados, se compenetraba de forma admirable con el borlón que nacía en el hombro derecho, jugueteaba hasta la nuez, y se ocultaba tras la cadera. Le quedaba bien el cuello sin solapas estilo *mao*, a juego con los enormes bocamangas encarnados que caían sobre el pantalón sin franjas. Combinaban, muy al estilo patrio, con el gualda del ancho cinto. Comprobó de reojo que aún pendía de la solapa derecha el emblema de su compañía. Los galones de suboficial no bastaban para cubrir el brazo derecho un día de tanta enjundia, pero la armonía de su estampa los suplía con creces. Cosas de la vida; en esos tensos momentos mi padre regresó a llamarse Manuel, se hizo de carne y hueso, y apretó mi mano con cariño mientras desprendía por vez primera una lágrima cómplice.

–No sé si sabré hacerlo como te mereces, hija. Gracias por todo. Tu padre te quiere más que a su vida.

–Vaya momento que has ido a elegir para joderme, coño. Yo también te quiero mucho papá. Pues cómo lo vas a hacer; el mejor del mundo. Sube que te estrujo –mascullé con risa falsa y pose propia de las primeras fotos.

Subimos despaciosamente y atravesamos el atrio abierto de par en par. Nos detuvimos según habíamos sido instruidos. Sentí el sonido seco y lúgubre de las puertas que se cerraban. Los enormes postigos las clausuraron y dejaron cierto eco en la nave silente. Entre nosotros y el portazo se descorrió un cortinón granate. Giré la vista de soslayo y supe que la suerte estaba echada. *El Kyrie* de la *Misa de la Coronación* de Mozart prorrumpió sin preámbulo e iniciamos el camino al altar en compañía de los tres solemnes interludios representados por excelsos solistas. A la izquierda, en la parte trasera, plañía mi familia con el orgullo llegado de Andalucía para la ocasión. Sus mejores galas se erguían en vano ante la miríada de pamelas, uniformes de los tres ejércitos, bandas, emblemas, galones, chaqués y demás parafernalia. Allí me esperaba un pobre muchacho que de nada era culpable sino de intentar amar a un corazón prestado. Luego llegó el *Gloria*, y el *Credo*, y el *Sanctus* y el *Benedictus* y... y entre alguna de las partes, todos en pie, pudo escucharse el himno de España en honor nuestro. Pasearon los invitados, convertidos en comensales, hasta el cercano Hotel Palace y degustaron deliciosos manjares. El baile logró distender al fin la congoja de los invitados de mi parte; nunca se habían visto en otra los pobres a cambio de ser deportados al olvido por una jovencita engreída. Unos y otros se fueron marchando cuando se acercó el director del hotel para indicarnos que la suite nupcial estaba dispuesta.

Los dorados espejos, el suelo alfombrado, los cortinajes azul y beige de fina estampa, la colcha de hilo bordado, el salón contiguo de ensueño, el fastuoso aseo... nada lograba evitar que mi mente evocase la paupérrima barraca en la que una vez fui feliz. Mi marido demostró al asalto su inexperiencia y desmembró hasta el último jirón de mi vestido. Ajeno a todo preludio, descargó su ímpetu de golpe gimiendo con aspavientos en cada estertor. Terminó pronto la invasión del cuerpo sin llegar a rozar el alma huida en secreto a otro lugar y otro tiempo. Creí que había logrado odiar al amor primero, pero este fue a hacerse presente sin remedio en el momento de la verdad.

–¿Te ha dolido? Lo siento, es lo que ocurre la primera vez cuando se acude virgen al matrimonio. Mañana te gustará más.

–Sí. Ha dolido –balbucí segura de haber sido lastimada en medida mucho mayor que en caso de haber consumado inmaculada. Cuando no se entrega el alma, el cuerpo es el primero en enterarse.

Luego llegaron los niños y murió mi madre, y años después su esposo, capitán jubilado a la sazón. Los crié con esmero, pero no fui feliz. Crecieron sanos y listos, y un día volaron del nido y trajeron, también ellos, otros críos a un mundo complejo y cruel. Con el tiempo nos convertimos en una de esas parejas que no se aman, una de esas en las que ella concede su cuerpo muy de vez el cuando durante unos breves instantes. Fuimos uno de esos desposorios en los que una de las partes, o ambas, tras discusiones sin sentido, deciden cesar la batalla y condecorar al otro con la victoria de por vida. Como consuelo, cuando nada parece tener arreglo, unos se dan a la bebida, otros mendigan naderías de cariño ajeno, hasta que unos y otros se dan cuenta de que más vale malo conocido que bueno por conocer. Entonces recapacitan sobre la mirada de sus hijos y la descubren más importante que sus propias vidas y se deslizan por el resto de sus días sin pena ni gloria. Hace unos años, una terrible enfermedad se llevó a mi marido. Lo sentí, pero no lloré. Me he preguntado a menudo por los caprichos del amor; desconozco si el hastío hubiese llegado del mismo modo con el único hombre a quien he querido y que no fue el desposado.

–Solo el cosmos y tu novela conocen la respuesta, mi querida María. Ansío leerla. Tus otros dos libros me dejaron a medias.

–Muchas gracias, Irene. Es un honor contarte entre mis lectoras. Procuraré satisfacer tu inquietud. Sin embargo, hoy no has hecho sino agrandar la mía.

–También a mí me has dejado helado, amiga –intervino Alonso–. Será mejor que marchemos a tomar un bocado. Como ya sabes, esta tarde nos vamos a Marruecos. Es la primera vez que regresamos allí juntos y la empresa no es menor. Viajar con cuarenta niños de M´Hamid a Soria constituye todo un reto.

Sentí la leve caricia del tímido sol invernal sobre la piel mustia. La algarabía en las calles no había variado desde que había concluido el desgraciado relato de mis días. Después de todo, la vida siempre continúa. Los gorriones jugueteaban entre las ramas, las bufandas se adherían a los semblantes ateridos y los enfundaban, el almez aún ocupaba su lugar. Yo, en cambio, había sido liberada al fin del peso de sentir mi desdicha enclaustrada.

SEXTA PARTE

«No eres lo que fuiste, no eres lo que serás,
no eres lo que quieres. Eres lo que eres».

ALEJANDRO JODOROVSKY

Soria, invierno de 2010

El azul violáceo del gélido amanecer invernal se reflejaba levemente en el carámbano que pendía de la aldaba de mi casa y no invitaba a tirar de ella para cerrar la puerta. Enfundado en incontables capas, un golpe de frío sacudió mi cuerpo. Cogí la pala apoyada en la pared y aparté los rimeros más próximos de la nieve depositada por la ventisca de la noche. Tras la nevada, inauguré la blanca alfombra de un palmo de espesor y escuché el leve sonido de cada huella que la profanaba. El cielo raso revelaba aún la excelsa presencia de algunos luceros. Apreté las manos en los bolsillos camino de la escuela. Una hilera de lucecitas bordeaba el balcón del ayuntamiento y recordaba que faltaban pocos días para Navidad. No sentí los entumecidos dedos al intentar introducir la llave en la cerradura de la escuela. El intenso olor a barniz y cal se resistía a desaparecer varios días después de haber sido remozada. Tras unos frágiles palitos, algunas porciones de carbón rellenaron las estufas situadas en el centro de cada una de las cuatro aulas habilitadas para impartir lección. Era sábado y hasta el lunes no comenzaría la misión, pero la humedad era tan intensa que consideré caldear las salas durante algunos días. La tarde anterior dejé también prendida la calefacción del albergue y deseaba comprobar su efecto. Antes de llegar, constaté que la luz de las cocinas estaba prendida. El candado de entrada había sido retirado. Esther se había adelantado y preparaba el almuerzo acompañada por un par de ayudantes.

–¿Se puede saber la razón por la que os habéis caído de la cama? Esther, por Dios, no me puedo creer que ande ya en faena.

–Hoy es un día muy bonito, señor Enrique. Hace tantos años que no entra un crío por esa puerta, que no quepo de gozo. Mañana, ya si usted lo considera, me puedo morir en paz.

–No, no lo considero. ¡Madre de verbo divino! Pero si hasta la hora del almuerzo no llegan los muchachos.

–Ya he visto que la calefacción funciona. Las habitaciones están en orden, hechitas y todo. ¿Cómo serán, Enrique? ¿Son muy negros? ¿Usted conoce aquella raza? El pueblo aguarda en un ay. ¿Serán más chicas o más chicos? ¿grandes o menudos? Mire que no suelta prenda.

–No la suelto porque no lo sé y porque no me deja usted abrir la boca. Sí, le puedo decir que negros negros no son. Algo cetrinos según parece. La dejo trabajar; ya huele a gloria bendita. Gracias, es usted un ángel bajado del cielo.

Al igual que aquellas mujeres, también yo buscaba cómo entretener el tiempo. María y Alonso partieron a Madrid en pleno otoño. Su plan consistía en gestionar desde allí el traslado de cuarenta chicas y chicos desde el Sur de Marruecos hasta Valdeavellano. Entretanto, se irían adecuando las instalaciones previstas. Cuando las embajadas otorgasen su beneplácito, viajarían a recogerlos. El traslado se había iniciado, tal y como estaba previsto, algunas jornadas atrás. Mis dos amigos llegarían en avión a Ouarzazate y, desde allí, una vez recogida la expedición, regresarían en autobús. Tres días con dos escalas bastarían para recibirlos. El primero de ellos harían noche en Marrakech y el segundo en la pequeña localidad llamada Assilah. Una vez cruzado el estrecho de Gibraltar, Pabli, el dueño del autocar de Valdeavellano, los recogería en Algeciras para recorrer el último tramo del camino. Diez horas y dos conductores cumplirían el objetivo de no llegar mucho después de las dos de la tarde.

Abandoné el preventorio seguro de que todo estaría en orden. Tomé a la derecha un pequeño tramo de carretera helada. Saludé a Venancio y a Lola, que concluían la faena de ordeño, y ascendí entre los sotos ocultos por la nieve. La montaña se adornaba con ventisqueros aquí y allá. El azul del cielo presumía intenso y limpio. Refulgía al derretirse el tupido manto de nieve que cubría el paisaje. Se escuchaban algunos cencerros a lo lejos, en el monte bajo. El viento glacial hacía crepitar las ramas de los árboles yermos y un águila trazaba enormes círculos en el infinito. Salí del camino y topé a la altura de la pantorrilla. Sentí agarrotarse mis huesos transidos por el frío. Frente a mí, entre las tapias bajo los árboles, envejecidas y cubiertas de musgo a resguardo de la cellisca, una osada cervatilla se afanaba por descender al valle en busca de sustento. Resolví evitar la trocha y retomar la pista forestal hasta alcanzar la ermita de Las Espinillas. Las jaras lograron mantener alguna hoja a descubierto y guiaron el ascenso sinuoso y umbrío. Alcancé la pradera frente a la ermita, giré sobre mí y me ofrecí al hermoso paisaje sobre el valle. El viento, ligero y sutil, se adentraba en mi consumido cuerpo. Los pueblos apenas se distinguían; todo era blanco, azul y hielo. Cubrí los últimos metros hasta la parte trasera del edificio. Allí, un ventanuco permitía ver la imagen de la virgen patrona del pueblo sin necesidad de penetrar en su interior. No rezaba desde hacía años, no al menos al estilo del común de los feligreses. Pedí en todo caso a la pequeña estatuilla su embajada para que los niños de un lugar tan distinto y lejano pudieran ser felices entre nosotros. Rogué ser capaz de sembrar su sonrisa y que un día pudiera ser trasplantada entre la miseria. Después de todo, me dije, igual fuera que los herejes como yo no serían atendidos en las alturas y que toda plegaria resultase estéril.

Descendí camino de la plaza. A mi llegada comprobé que ya se congregaban los aldeanos a la espera de los niños africanos. Estaban los paisanos de diario y los que acudían por costumbre los fines de semana, todos ellos acompañados de algunos mozuelos, inquietos y curiosos. La corporación municipal en pleno charlaba de todo y de nada. Jóvenes y viejos se unieron ante la proximidad del acontecimiento. Me sentí responsable de la coyuntura y quise disculparme por perturbar su tranquilidad habitual. Se me acercó el alcalde, un hombre de mediana edad que hacía unos años trocó su vida en la ciudad por una más reposada, hasta que se la interrumpí de la mano de María y nuestros líos.

–Están nerviosos. Esto puede ser un desastre o la salvación del pueblo. Los más mayores lo saben; por eso han venido todos.

–Sé que nos la jugamos. No te preocupes, estimada autoridad –expresé para relajar su atoramiento–. Nada hay que podamos hacer frente a los hados que se afanan en complicar estas humildes existencias.

Al cabo de un rato, el enorme coche de Pabli, amarillo pálido, pisaba las carrileras recién formadas en la nieve. Despacio, como si del más excelso séquito se tratase, hizo su entrada en la plaza y viró a la izquierda para facilitar el descenso de la comitiva. Se abrieron las puertas automáticas, pero nadie asomaba. Los cristales tintados en negro no permeaban presencia humana alguna. Los vecinos se agolparon a cierta distancia. Por la puerta trasera asomó Alonso y por la otra, María. El chico tomó de la mano a un hombre de mediana edad que más tarde supe que se llamaba Abdul. Se trataba del maestro de tan lejos destinado a convertirse en colega mío a fin de cuentas. Lo situó a un par de metros del autocar y le dijo algo en francés ante la admiración de los presentes.

–Attends ici. Les garçons vont descendre pendant que je présente aux autres.

–D'accord. Comme vous dites. Oh, mon Dieu.

María no se encomendó a Dios ni al diablo y fue haciendo bajar, de una en una, a unas preciosas niñas cuyo ropaje apenas dejaba ver el rostro. Vestían gruesos abrigos rellenos de plumas de los más variados colores. Trató de infundirles confianza con tiernos besos y les sugirió agruparse a pocos pasos. Esa no era ni por asomo la María directora de recursos humanos despreocupada ante cualquier corazón capaz de latir. Un gozo inesperado me inundó las entrañas. Fueron descendiendo los muchachos. Formaron dos grupos apretados, como granos de café apelmazados que evitan salir del paquete. Los pobrecitos miraban hacia dentro de la melé, asustados y encogidos. Se abrieron las puertas del maletero, pero solo aparecieron tres o cuatro maletas. Los niños no traían equipaje; no disponían de ninguno. A continuación, la figura desgarbada de Julián se agachó para no dar con el techo de la puerta y salió para sorpresa de todos. Me alegré mucho al verlo. Se trataba del dueño del hotel de M´Hamid que pasaba temporadas en el valle. La silente pieza en el puzle que causó que yo sugiriese a María viajar al desierto.

–Hola viejo –me saludó–. No pensarías que iba a faltar a la fiesta. Tranquilo, solo me quedo una semana. Me alegra tanto verte... La que estás liando, compañero.

–Yo no hago nada; antes bien, me abrumo, querido amigo. Gracias por venir. Es temporada alta para tu hotel en M´Hamid; estás un poco loco.

–Abdelkader se ocupará de todo por unos días –dijo en referencia al encargado del hotel de quien me había hablado María–. Está más que listo para sustituir a este cacharro que te habla.

Alonso interrumpió la salutación en ciernes y me invitó a conocer a un señor muy bien plantado que atendía al nombre de Javier Aguilar. Se trataba del presidente de Panacea, el grupo hospitalario para el que trabajaba mi amigo como director general de su fundación. Era un hombre hecho a sí mismo y muy querido en la organización. Una pequeña clínica se había convertido con el tiempo en una enorme corporación con algún millar de empleados. Alonso hizo realidad la ilusión de aquel hombre de crear una fundación para devolver a la sociedad parte de lo recibido. Cuando el padre del chico, y chófer de don Javier, supo que padecía una dolencia incurable, acordaron ofrecer un período de formación a Alonso. Se conchabaron para simular que sería conductor como su padre hasta que el joven arquitecto recibiera la noticia de su destino como responsable de la fundación. Don Javier llevaba varios años viajando a M´Hamid a echar una mano en mejorar la salud de aquella gente. Fue en el primer viaje al desierto con don Javier donde Alonso conoció a María. Me presentó a continuación a dos doctoras recién incorporadas y que harían su entrenamiento en Valdeavellano. Tenía previsto sustituirlas por otros compañeros cada seis meses, según me dijo Alonso. Se acercó a Abdul, el joven maestro que abrazaba a sus muchachos, y quiso presentármelo.

–*Salam Aleikum* –se humilló ante mí con la mano en el pecho, gesto que quise impedir sin éxito.

–*Aleikum Salam* –respondí, como es preceptivo.

–¡Pero Enrique! Ahora va a ser que no te saludo con tanto lío –reaccionó María–. Déjame que te dé un abrazo grande. Perdóname, hombre. Las niñas están atemorizadas y necesitan de mí. Se me ha ido el santo al cielo.

–La santa eres tú y te considero pero que muy en la tierra. Conmigo estás más que cumplida, María. Eres un sol. Anda con las mocitas.

–No los entienden –voceó Alonso dirigiéndose al pueblo–, pero pueden saludarlos si quieren; lo agradecerán en todo caso. Tengan en cuenta que, además del hielo, es la primera vez que usan calzado. Algunos jamás en su vida han sabido lo que era un zapato, de modo que es posible que les cueste caminar. Les ruego toda la amabilidad que sé que atesoran.

Nadie respondió cuando, de pronto, un aplauso cerrado y sincero fue seguido de otros y otros más. Yo les había informado del origen de los nuevos vecinos. Comían con la mano, no conocían un cubierto. Las niñas habían sido educadas para ser sometidas en poligamia acordada por sus mayores. No les estaba permitido caminar por la calle sin la presencia de un varón. No habían visto un inodoro y sus dientes jamás habían sido cepillados. Apenas sabían leer un poco en francés y a duras penas en árabe. Su dieta no pasaba de unos cuantos dátiles diarios, cuando los había, y de un cuscús para los niños en días de fiesta; las niñas no podían participar de ellas. Sin embargo, una cosa era repetir lo escuchado, y otra muy distinta presenciar la estampa de seres hundidos en su propia existencia a los pocos años de haber nacido. Era buena gente la comunidad de Valdeavellano, de eso estaba seguro.

Nos dirigimos al albergue en lenta caravana. La prole caminaba entrelazada en grupitos bien prietos y miraba al suelo blanco por vez primera en su vida. En África el horizonte era de arena y las casas de adobe y paja. Solo el azul del cielo debía resultarles familiar. Subieron a las habitaciones acompañados por Abdul, las doctoras y María. Entretanto, Alonso nos sugirió pasar al refectorio. Los niños comerían en mesas de a ocho, juntos niños y niñas desde el primer momento. Había sido preparada una mesa alargada para la corporación municipal, don Javier, Julián, Alonso y un servidor. Allí esperaba Esther con sus ayudantes listas para atender a los comensales. El brillo de sus ojos le quitó treinta años de encima. Se abalanzó hacia mí y me dio un abrazo insondable. No dijo nada; solo elevó su pequeño tamaño al mío, sonrió y agarró con fuerza la parte de mis brazos más próxima a los hombros.

–Gracias, señor Enrique. Que Dios se lo pague.

–Puestos a contar con Dios, me da en la nariz que merece usted mucho más en recompensa, mi querida Esther. Hala, a la faena que ya se van sentando.

–Mire que con lo que podríamos lucirnos; tener que cocinar arroz blanco y pollo en tiras...

–Deben aprender a comer poco a poco. El menú lo tomarán con la mano. No se preocupe, haremos de ellos huéspedes hechos y derechos. Usted no se asombre por nada... que se asombrará –concluí sonriendo.

Fueron entrando los niños acompañados por María y por Abdul. Las colaboradoras de Esther se situaron una en cada mesa y los ayudaron a aposentarse. Fue una delicia ver cómo asumían su improvisado papel con destreza y voluntad. Alguna elevaba la voz pensando que así la entenderían mejor y ocasionaba risotadas entre sus compañeras. Devoraban en silencio. Al otro lado del comedor, acicalado para su nueva misión, el ayuntamiento y los invitados departíamos amistosamente. No habíamos dado aún cuenta del segundo plato, cuando los infantes desfilaron a la pradera con las barriguitas repletas y el gozo inenarrable de Esther por testigo. A los postres, retiró el alcalde su silla y quedó en pie derecho.

–Queridos amigos –dijo–, este pueblo quiere dar la bienvenida a los hijos de África. Nos sentimos honrados por poder convertir este mundo en un lugar más habitable. No dudéis de que haremos tanto como esté en nuestra mano para verlos crecer sanos. Abrigamos también la esperanza de que la alegría retorne a la escuela y que toda esta ilusión no sea tan solo un espejismo similar a los que habitan el desierto abandonado por estas criaturas.

Alonso recogió el guante. Agradeció a María la idea de renovar el preventorio y la escuela, e hizo lo propio conmigo y la cuadrilla de operarios que tan magnífica labor había realizado. A continuación cedió los trastos a don Javier.

–Mis queridos amigos –comenzó–, un día, hace muchos años, tuve un sueño. Quería ayudar a sanar el cuerpo de mis semejantes. Pero varias decenas de hospitales más tarde supe que debía hacer algo más también por el alma de quienes no pidieron nacer. El triste suceso de la muerte del padre de Alonso me unió a él y viajamos juntos al desierto. Allí conoció a María. Juntos habéis hecho grande a Panacea. No tengo corazón bastante para agradecer vuestra amabilidad, la de todos. El tesón empleado solo puede conducir al éxito y en eso estamos. Contad también con nosotros y con los magníficos profesionales de los que disponemos para hacer que florezca la alegría de la infancia en este precioso valle.

»Iniciamos hoy un plan quinquenal destinado a enseñar a leer y escribir a estos chicos en nuestro idioma y en el suyo. Además, recibirán la educación escolar básica y la sanitaria a la que acceden nuestros hijos. Habrá un doctor de forma permanente para cada veinte de ellos, también a disposición del pueblo. Este plan educativo se complementará, gracias a vosotros, con el aprendizaje de los oficios del valle. En grupos de cinco, serán instruidos en carpintería, albañilería, fontanería, agricultura, ganadería, costura, horticultura, electricidad y pintura. Oficios de hoy aquí, y tal vez de mañana en su lugar de origen. No ha sido sencillo traerlos; las madres se mostraban encantadas, pero algunos padres, temerosos ante cualquier novedad, opusieron resistencia. Permitidme evocar el rostro del grupito de muchachos a los que no se les ha permitido venir –manifestó tras una breve pausa–. Sus ojos tristes, sus manitas al aire despidiendo a quienes sí partieron... Por ellos también debemos luchar.

El puñado de aplausos se desvanecía a la vez que entre los resquicios de las ventanas penetraba una algarada de chillidos. El alboroto *in crescendo* provocó que acudiésemos en su busca. Los niños del pueblo se habían colado a la pradera nevada con algunos balones. La tez tostada de los recién llegados era apenas perceptible bajo los pasamontañas multicolores. Algunas prendas de los autóctonos señalaban las porterías y todos corrían felices tras un balón rojo que se afanaba por evitar las patadas y resbalaba huidizo. Las chicas se tiraban bolas de nieve. Otras la amontonaban en lo que parecía el esbozo de un muñeco. Un buen augurio para el proyecto, pensé. Y para el mundo. El semblante de los presentes en el comedor relucía; sus pupilas, grandes ante el acontecimiento, fijaban la estampa en la retina. El valle acogía de nuevo el eco bullicioso y alegre del porvenir y nos hacía mejores. Retornaron a la mesa a dar cuenta de la copita en ristre y la charla amena.

–Vamos a la escuela –solicité de pronto a María y Alonso, felices y apretados–. No habéis visto aún cómo ha quedado.

–Espera, Enrique. Mira qué bonito –repuso ella.

–Permitidme que insista.

Un impulso tenaz me invadió y los tomé aparte. Bajamos entre placas de hielo y viramos a la escuela. Se notaba el calorcito del carbón quemado en la estufa. Les mostré la sala de ordenadores y las hileras de pupitres de las otras tres aulas. Entramos en la primera, la más cercana al ventanal. La tarima sonaba hueca; la pizarra, los mapas, el crucifijo, la mesa del profesor, se habían restaurado evitando adquirir nada nuevo en la medida de lo posible.

–Decidí no quitar el crucifijo, pero no sabía cómo equilibrar su presencia con algún símbolo musulmán. Se me ocurrió encargar la fotografía de un *yapa mala*. Allá sirve para recitar mantras, y aquí usaremos estos otros de madera para recitar las tablas de multiplicar –expliqué señalando un buen puñado de *malas* sobre un estante.

–Te lo has tomado en serio, amigo –añadió Alonso–. La escuela ha sido restaurada a la perfección. Muchas gracias.

Abrí la portezuela de la estufa con cuidado de no quemarme. Tomé el brasero de hierro colocado bajo la mesa del maestro, icé la rejilla abombada y lo acerqué a la estufa. Tenía listo un puñado de picón de encina y me dispuse a prenderlo. Badila en ristre, extraje poco a poco algunas brasas y cubrí el carbón cuidadosamente con ceniza.

–Así se hacía antaño para protegerlo del contacto con el aire y mantenerlo prendido. En el seminario yo era el encargado de tenerlo listo a la llegada del maestro. Qué tiempos aquellos...

–No nos has contado apenas nada de tus años en el seminario. Algún día podrías completar la historia. Pero no te vayas a marear como la última vez... –sugirió María en tono jovial.

Tomé asiento en el pupitre más cercano y continué por donde lo había dejado. En efecto, deseaba concluir la historia iniciada en otoño.

* * *

Volví a casa a primeros del mes de junio del año sesenta y cuatro. Habían transcurrido tan solo diez o quince días desde la corrida de toros en la que Impulsivo casi se lleva al Cordobés al otro barrio. En Sigüenza, habían ido a casa con el queo de mi labor como mulillero al verme en el periódico portando al diestro malherido. La curiosidad era máxima. Fui una especie de famoso local, el *enterao* de la comarca. Sin embargo, andaba yo más ocupado en los momentos vividos en la capilla de la plaza y en cómo haría llegar a los míos la decisión de ser sacerdote.

La cosecha fue abundante aquel año. La lluvia, generosa y bien repartida, nutrió la tierra y alimentó un cereal denso y alto. Segábamos a mano, hoz en ristre. Recuerdo que mi padre me ataba un pañuelo bien prieto a cada muñeca para que no se me saliesen. A una finca le seguía otra, y a cada carga en el carro, una ida y venida con la mies a la era. De niño me gustaba subirme al trillo y dar vueltas y más vueltas asido a las largas bridas de la mula. A poco que crecí, mi padre me ordenaba tender la parva primero y aventarla luego de haber sido trillada. Una noche, con tanta vergüenza como miedo, cabizbajo ante el plato de sopa me atreví a dar la noticia:

–Quiero entrar en el seminario.

Ninguno de los presentes hizo el más mínimo ademán de haberse dado por enterado. Aguardé unos segundos hasta que mi madre regresó del fogón con una sartén llena de salchichas y repetí lo dicho con renovado valor:

–Que quiero ingresar en el seminario he dicho. No hacéis ni caso.

Desplegó la buena mujer la carne en los platos, se frotó las manos en el mandil, las colocó en jarras, y mandó callar a todos.

–Hijo mío; pero eso es una alegría. Con lo que tú vales, seguro que lo sacas todo a poco afán que le eches.

–A ver si va a ser otra tontería. Porque este no tiene más que pájaros en la cabeza. Además, lleva cuatro o cinco años de retraso. A ver cómo se las apaña –atizó mi padre.

–Me las arreglaré, padre. Estoy decidido. Si tú me dejas, estudiaré a fondo y, como estoy al lado de casa, puedo seguir echando una mano en lo que sea menester.

–Como que soy tu madre que consigo que te admitan. Pediré unos libros y te vas poniendo con ello. El chico quiere y tú, marido, punto en boca –concluyó con firmeza.

Durante el verano, trabajaba de día y aprendía de noche. Mi hermano mayor me ayudaba como podía. Quería ser como toda esa gente que sabía tanto. Álgebra, Historia, Aritmética, Gramática... podía con todo. Una mañana de primeros de septiembre, mi madre me acompañó al seminario. Estaba a tan solo unas calles de la carnicería de la familia y los curas nos conocían. Entramos por una puerta muy grande, marrón oscura, alzada sobre una escalinata. A la derecha, un hombre pequeñito saludó a mi madre y nos hizo pasar a una salita con olor a rancio y sin apenas luz. Al poco rato, apareció un cura hecho y derecho, de los de sotana negra y alzacuellos impoluto. Se quitó un sombrero redondo y achaparrado y me recordó al castoreño de los picadores de toros. Nos levantamos con gesto de sumisa plegaria.

–Así que el chico ahora quiere profesar.

–Miré, don Fidel. Yo lo conozco bien y si se le mete algo en la cabeza, cumplirá como el mejor.

–Es mayor que sus compañeros y eso complica la cosa. Lo sabes.

–Mi Enrique se pone al día en un año. Lo juro por estas –se besó los dedos índice y pulgar y arrojó al aire la mano con coraje.

–Eso ya lo veremos. De momento, vamos a comprobar cómo lee. Toma, a ver si nos cuentas lo que le pasó a este torero en Madrid hace unos días.

No había leído aún la crónica de lo acaecido en el ruedo, pero me sentí importante, poderoso. Lo hice más que bien.

–No está mal, chaval. Sabes que tienes que quedarte interno. Las normas hay que cumplirlas. Ve olvidándote de tu familia. La decisión que has tomado no puede ser a medias.

–Sea. Estoy decidido, padre.

El albergue en el que ahora están los muchachos –aclaré a María y Alonso–, me recuerda mucho al internado de Sigüenza. Allí aprendí Filosofía, Teología y las materias de cualquier otro escolar. Asistía a clase con fervor y preparaba los exámenes con verdadero interés. Descansaba tan solo para fumar a escondidas Bisonte sin boquilla, unos cigarrillos capaces de enterrar al más pintado. Guardé mi secreto a cal y canto; un proyecto de cura no debía confesar que vivía enamorado. Deseaba regresar a buscarla llegado el momento. Recuerdo que me sentía peor al salir del confesionario que al entrar; tensaban mucho lo afectivo aquellos buenos hombres.

–¿Ni siquiera a un amigo le dijiste palabra? –preguntó Alonso.

* * *

Hice amistad con Pedro, un chico valiente como pocos; desde luego mucho más que yo. Era de Barahona, un pueblo de la provincia de Soria, y no quería estudiar. Lo enviaron obligado y a los tres años de ingresar se escapó. Mantuvimos la amistad porque nos veíamos de cuando en cuando. No podía volver a casa y se las arregló para ser admitido en la Sagrada Familia, un colegio colindante al seminario. Allí estudió magisterio pero me rogó mantenerlo en secreto. Pedro era el más inteligente de todos nosotros; podía haber sido lo que le hubiera venido en gana. Tomaba decisiones a la ligera, quería ser libre, y vaya si lo logró. Cuando acabó los estudios, me hizo jurar que jamás diría a nadie que era maestro titulado, un hombre con estudios. Aún así no le devolví confidencia por confidencia. No le conté jamás nada. Marchó a Madrid y se hizo camionero, y luego conductor de autobuses. Se casó bien; tuvo dos hijos bastante corrientes, pero fue feliz. Murió hace no mucho según parece y se fue con su secreto a la tumba. Ante personas altivas, de esas que pavonean su formación, él callaba su poderosa sumisión de hombre íntegro y discreto. Una gran persona con mucho carácter, mi amigo Pedro, sí señor. Uno de esos pocos que supo interpretar que la intuición es el susurro del alma sin conocer a Krishnamurti; yo no. Nada le dije sobre mi soterrada intención.

Adelanté varios cursos en el devenir de los dos primeros años. Mi familia estaba asombrada. Tanto fue, que logré ordenarme sacerdote a la edad dispuesta para mis compañeros. El resto de la historia ya la conocéis. Un pueblo, y luego otro, y otro más grande. Y llegó la capital de provincia y compaginé el ministerio con la docencia, y un buen día decidí que ya no quería ser sacerdote por más tiempo. Y aquí me tenéis, listo para regresar a mi condición de maestro en este condenado pueblito, un lugar entrañable que me provee el poco aliento que tengo.

–Entonces, ¿no buscaste a tu amada, Enrique? –se atrevió a preguntar María.

–No siempre todo es posible, querida.

La animada comparsa que habíamos dejado en sobremesa hizo abrupto acto de presencia en la clase. Departían sobre las instalaciones, sobre los equipos informáticos, los avances, los libros que irían llegando de a poco. Noté cierto gesto de disgusto en mis dos acompañantes. A mí, sin embargo, no me costaba regresar de mi acostumbrada soledad. Lo hacía con facilidad, incluso en presencia de otras personas; con la misma rapidez que un caracol se esconde en el caparazón ante el leve roce a uno de sus cuernos. El breve trecho de cuanto aún no había relatado habría de aguardar mejor ocasión.

SÉPTIMA PARTE

«Save the last dance for me».

LEONARD COHEN

Navidad de 2010

Un pardal se había posado en el alar del tejado de la escuela e interrumpía mi pensamiento con su trino discontinuo. Los chicos acababan de concluir su descanso de media mañana. En el frontón quedó el eco de sus juegos africanos. Abdul los había agrupado para su lección de árabe y yo pintaba poco. Consideré que tal vez en algún momento me aventuraría en el estudio de su lengua. Los pocos días de albergue y escuela se sucedieron con éxito, aunque no sin dificultades. Don Javier partió la misma tarde del encuentro entre ambas comunidades; Julián aguantó tres o cuatro días, pero hizo lo propio a la postre. Por el contrario, el frío había decidido quedarse junto a los niños marroquíes. La nieve cayó el segundo día de su estancia. Templó la tarde y una cascada de copos grandes se desmayó sobre el suelo helado despaciosamente. Las perplejas bocas abiertas de la chiquillería empañaban los cristales de la escuela e impedían la vista. Salimos al exterior. Abrían los bracitos como polluelos que ensayan el vuelo. Giraban en silencio y miraban al cielo. Decidí que era un buen momento para subir al monte en busca de acebos. La humedad acumulada se arreglaría con una ducha reparadora a la vuelta. Abdul trataba de entender mi paupérrimo francés y yo le enseñaba sus primeras palabras de castellano. Subimos acompañados de la inseparable navaja de brezo. Pronto dimos con el brillo de los muérdagos de un rojo intenso, más aún en contraste con la blanca nevada. Fui entregando ramas a los niños; alguno se pinchó con el borde espinoso de las hojas verde oscuro. Adornaron sus cuartos y la escuela y el comedor del preventorio. Regalaron una rama grande a Esther y esta les recompensó con chocolate caliente y galletas para la cena.

De aquello había transcurrido una semana larga, pero la imagen permanecía indeleble en mí. Quizá, pensé, querrían contárselo a sus familias. Le sugerí a Abdul que escribiesen una carta para Navidad. La enviaríamos al hotel de Julián y él las distribuiría. Le expliqué lo que era la Navidad para los cristianos y asintió. No obstante, propuso sustituir la letra por un dibujo; la mayoría de sus padres no sabían leer ni escribir. Entonces, concluí, cada dibujo llevaría una fotografía del grupo. Buscaría una máquina fotográfica y encargaría unas copias en Soria.

La llegada de los días festivos era inminente. Hasta el martes veintiuno de diciembre, Alonso me había mantenido inquieto porque dudaba si pasar Nochebuena con María y conmigo, o si hacerlo en Madrid con una amiga suya que, al parecer, padecía el mismo mal que este viejo solitario. Finalmente, la ausencia de doctores y la media jornada del personal de apoyo inclinaron el fiel de la balanza. María justificó su presencia para colaborar en la hospedería y para concluir su novela. Acompañaría a sus padres en Nochevieja y Año Nuevo. Sin embargo, yo sabía que ambos se quedaban por mí.

Al día siguiente, veintidós, las vacaciones escolares atrajeron a un puñado de criaturas, no muchas, desde Soria capital. Grandes y chicos preparaban la cena y disfrutaban con los prolegómenos. Desfilaron los infantes por las casas en reclamo del tradicional aguinaldo. Algún que otro exceso hizo sonar desafinados villancicos en los bares. Reconocí haber recobrado cierto vigor en contraste con festejos anteriores. Tendría algo parecido a una familia para conmemorar las fiestas. Cierto era que mi papel en el clan aún debía definirse, pero me agradaba el mero hecho de tener alguien de quien ocuparme, un hogar para celebrar juntos. Reafirmé de cualquier manera la Navidad como una efemérides un tanto cruel; una fecha en la que la alegría de unos contrasta con la soledad y la añoranza de otros y la destaca inmisericorde.

El día veinticuatro, con los primeros reflejos del amanecer, coloqué el zafu en que solía meditar frente a la ventana. Adopté la habitual posición de medio loto y me dispuse a la introspección. Los ecos de la mente caprichosa no me dejaron concentrar la respiración; tampoco la mirada en la vela prendida a corta distancia. En ocasiones, la necesaria concentración me era esquiva. Padecí esa misma falta de atención el día en que conocí a Alonso. Decidí abortar el intento. La meditación requiere cotidianidad, recogimiento, anhelo de encuentro íntimo. La actividad que se avecinaba en la primera Navidad programada desde hacía lustros desconcertó la cosa. Habíamos acordado cenar los tres en mi casa y almorzar al día siguiente en la de María. Después de comer, salí al huerto y tajé la última col lombarda de la temporada. Puse en remojo el morado intenso de sus penitentes hojas enmadejadas. Luego la cocería con piñones y manzana y prepararía a continuación un besugo asado con patatas. El vino sería tinto y seco, como era mi gusto. De seguir así, tendría que solicitar una paga por las clases, o agotaría mis escasas reservas en un santiamén.

Pasé la tarde en la cocina y visité el nacimiento viviente en el salón de actos. Tomé una ducha, acicalé mi aspecto y esperé la llegada de los invitados tomando un té de roca y leyendo algo. Fijé la vista en las llamaradas de la lumbre recién atizada y reflexioné sobre el paso del tiempo. Las postrimerías de otro año se deslizaban como el agua en una cesta. Y luego vendría otro y marcharía antes de darnos cuenta. La crueldad de la sensación ante las pocas estaciones que me restaban se fundió con el alivio proveniente de la misma causa.

Llegaron enfundados en sendos abrigos de plumas similares a los de los niños marroquíes. Debajo vestían ropa cómoda, moderna y desprendían aromas de embriagadores perfumes, compatibles entre ambos y, juntos, con el humo en el salón. En varias ocasiones, durante la cena, pensé en que aquellas dos almas conocían los grandes rasgos de mi vida. Ya era hora, manifesté. Departimos hasta bien entrada la madrugada. Charlamos de todo y de nada sin adentrarnos en las densas profundidades de lo esencial. Intuí que María mordía sus labios carnosos para evitar rogarme concluir la historia interrumpida tan bruscamente en la escuela. Los tres comprendimos que no era la noche más indicada.

* * *

En mi casa de Príncipe de Vergara supe del día en que María y Alonso atravesarían Madrid en su viaje desde África a Soria. El plan de viaje organizado por el conductor no incluía detenerse en la capital, de modo que no pude acudir a saludarlos. Las jornadas hasta Navidad fueron extrañamente placenteras. La redención que devino de la suelta de aquellos lejanos avatares de juventud me devolvió cierto gozo. Tan fue así, que convine invitar a mis hijos y a sus familias a pasar la Nochebuena en casa. En ocasiones anteriores, acudía yo a alguna de las suyas, llegaba al punto de la cena, y marchaba recién concluida. Comparecieron las dos estirpes de la misma cepa casi al unísono. Algo antes, un repartidor descargó en la encimera de la cocina numerosas cajas con todo listo para calentar y servir. Hija y nuera me aleccionaron sobre las preferencias de unos y otros. Asediaron la paz habitual de mi entorno, pero no me sentí molesta. Estaba decidida a apaciguar mi pasado y convertirme en una abuela al uso. Sin embargo, mi encomio duró tan solo el tiempo que los niños tardaron en desplegar en la mesa dispositivos electrónicos por doquier.

–Déjalos, mamá, así nos dejan tranquilos –dijo mi hijo.

–Me gustaría poder charlar con ellos también. Se abstraen de cuanto les rodea. Luego jugarán, hombre.

No tuve éxito en absoluto. Así fue como me regresaron a un mundo en el que no creía; me sentí de nuevo ajena a mi propia familia. De pronto, el nieto mayor, guapo y lucido como él solo, que contaba con dieciséis años, dejó de mirar la pantalla y se dirigió a mí:

–Abuela –indagó–, ¿para qué quieres el ordenador portátil que está en aquella mesa?

–Me hace compañía. Me entretienen sobre todo los vídeos de Elrubius. ¿Te gustan?

–¡Venga, hombre! Si tú conoces a Elrubius, yo soy astronauta, no te digo... –El tono despreciativo y de suficiencia me hirió profundamente. Decidí obviarlo.

–Acércame el plato del jamón, hija, por favor. Tiene una pinta estupenda.

–¡Ves cómo cambias de tema! Ni siquiera has oído hablar de todo eso abuela. No cuela.

–Mira hijo –respondí en tono airado–, yo también tuve dieciséis años un día. También era guapa, como tú. Creía que lo sabía todo aunque no tuviera ni la más remota idea de nada. Justo como tú. Si conozco a una persona o no es cosa mía, pero debes saber que tu abuela no acostumbra a mentir. Me juego el ordenador a que ahora mismo Elrubius se encuentra sentado con su madre disfrutando de una cena fabulosa, *chetada* de todo tipo de manjares *to guapos*, como decís los jovenzuelos post-modernos. Y no imagino ninguna pantalla en su mantel.

–Mamá...

–Ojalá pudiera convencerte de que vives completamente equivocado –continué ignorando la llamada a la calma de mi hija–. Tú y tus padres. Pero ¡cómo vais a atender a una vieja que no da ningún capricho! Os quiero mucho, por eso mismo no pienso engañaros. Yo no conocí a mis abuelos. De haberlo hecho, quizá no habría errado tanto mis días. Mi padre jamás me dijo «te quiero», aunque sé que me quería. Hoy, los vuestros, no cesan de proferir esas palabras mientras os regalan esos chismes para aislaros de su mundo y lograr así librarse de vosotros.

»Pero ¡qué digo! Después de todo, no es para tanto. Solo has dudado de que una persona mayor tenga derecho o entendederas para interesarse por Elrubius.

–Mamá –espeto mi hija con mayor vehemencia–, te he dicho que dejases a los niños en paz, pero has tenido que liarla. De verdad...

Se fueron pronto y me quedé tratando de recobrar el orden perdido. No estaba triste. Había llegado el momento de no callar más, de afirmar y hacer cuanto considerase oportuno. Sentí lástima por mis nietos, pero nada más. Me acosté.

Dormí bien y madrugué como de costumbre. El almuerzo navideño sería cosa de mi nuera, así que pude dejar para más tarde cuanto restaba por arreglar. Sentí frío; la calefacción central se ponía en funcionamiento más tarde en las fechas de asueto. Sobre la colcha de la cama solía tener la chaqueta magenta, obsequio de Alonso. Me resguardé con ella. Camino del salón, introduje las manos en los bolsillos, llenos de monedas y papeles descuidados. Jugueteé con el más acartonado de ellos y lo extraje mientras miraba por la ventana la calle desierta.

Aceña. Siempre listo para llevarlo a su destino.

Sonreí ante la ocurrencia del taxista que me había conducido hasta Mazarino semanas atrás. Rememoré la conversación de aquel día con Alonso. «Si le insisto un poco, esa misma tarde me lleva a Soria». Me pareció un buen hombre de veras aquel señor. Procedente de la parte baja de Príncipe de Vergara, una mujer paseaba a un perro feo y gordo, cuyas necesidades no entendían de fiestas. Algún que otro taxi, muy espaciado, surcaba la vía. ¿Sería una señal? ¿Y si le daba una sorpresa a Alonso y me presentaba a celebrar con él y con María la Navidad? Aún no habían dado las nueve, pero un impulso irracional me trasladó al teléfono situado en la mesilla de noche. Pulsé una tras otras las grandes teclas del aparato hasta fijar el número de Aceña.

–Disculpe que le moleste un día a estas horas. Soy Irene, una señora a la que usted trasladó en su coche hasta el restaurante Maza... –la voz grave y profunda a otro lado de la línea telefónica no me permitió terminar la frase.

–Pues claro que la recuerdo, señora. Me dijo usted unas cosas tan bonitas... Se las conté a mi esposa y todo.

–Sé de mi atrevimiento, pero con la negativa ya cuento. Pensaba trasladarme a Soria de improviso y me preguntaba si un día como hoy usted podría llevarme.

–Está usted de suerte. Pasamos aquí la noche con unos cuñados, pero en un rato nos vamos al pueblo. De todas formas, y aunque Soria es sitio pequeño, si no me da usted más pistas, no sé dónde llevarla.

–No dispongo de muchas. Sé que se trata de un valle parecido al que usted me refirió el día que coincidimos. También creo que allí hay un albergue en el que se hospedan desde hace unos días algunos niños marroquíes. Tengo unos amigos que pasan estos días en la aldea y me gustaría darles una sorpresa.

–Ya sé –exclamó con suficiencia–. Son los amigos del señor Enrique. Ella es escritora y se llama María. De él he oído hablar, pero no conozco el nombre. Al parecer es el novio de la chica y un mandamás de una empresa o algo así. Son conocidos en todo el valle.

–Alonso. Se llama Alonso y es amigo mío.

–Si no le molesta que nos acompañe mi mujer, en un rato la recojo. ¿Tiene mucho equipaje?

–Un bolso de mano, supongo –declaré. No lo había pensado siquiera.

–¿Marqués de Salamanca?

–En la misma plaza, señor. En media hora estaré lista.

Acto seguido, me dispuse a escribir un mensaje para mis hijos a través del teléfono. Me entusiasmaba la idea de seguir las miguitas dispuestas por el cosmos ante mí. De entre todo el orbe, había ido a dar con un taxista oriundo de la zona soriana en la que se encontraban María y Alonso. Demasiado excitante para dejarlo ir.

No acudiré a compartir mesa y mantel con vosotros. Salgo de viaje. Estaré bien. Mi compañía no es necesaria en vuestro mundo, tan distinto al mío. Quedad tranquilos. Supongo que en Año Nuevo planearéis ir a esquiar. No va más. Que Dios os guarde, hijos míos. Disculpadme. Un beso.

No recordaba la última ocasión en la que había dispuesto una maleta para un viaje. Rebusqué un bolso de cuero marrón flexible y cómodo e introduje en él una muda, un esquijama grueso y descolorido, algo para cambiarme y un pequeño neceser de aseo. Me vestí con el mismo atuendo de la noche anterior. Una blusa blanca y una falda negra por debajo de las rodillas. La chaqueta magenta no conjuntaba en absoluto, pero deseaba ir con ella. Tomé el abrigo de siempre y lo introduje en ambos brazos antes de ocupar las manos con mi bastón y el petate.

A medida que avanzamos, el paisaje se hacía más y más frondoso. A la altura de un pueblo llamado Lubia, transcurridas unas dos horas de camino, con Soria a la vista, llegué a la conclusión de que la ropa prevista era bien escasa para el intenso frío de la inhóspita tierra en la que me adentraba. Minutos más tarde, alcanzamos un cartel que contenía cuatro letras en las que se leía Tera. Atravesamos un riachuelo del mismo nombre. Fui avisada de la inminente incursión en el valle. La preciosa mañana resplandecía soleada. Bajé la ventanilla y respiré un aire puro y vivificador. Me sentí reconfortada por el gélido golpe de viento en el rostro. Cerré los ojos e inhalé profusamente. Era extrañamente feliz en mi papel de aventurera a punto de sorprender a sus amigos.

Nos adentramos en la aldea. Una calle en cuesta desprendía un olor a pan recién hecho y leña. Mis acompañantes me pidieron permiso para comprar un poco, ya de paso. Descendió la mujer y permanecí en el asiento trasero derecho. Aceña miraba al infinito a ralentí.

–Podemos aprovechar y me cobra ya el trayecto.

–A la buena gente no se le pide dinero. Está usted cumplida, mujer. De todas formas, el viaje estaba igualmente planeado.

–De ninguna manera. No me bajo del coche hasta que no me diga qué le debo.

–Si le parece bien, ni para usted ni para mí. Me abona la carrera de mi casa a la suya y no se hable más.

Las cortinas de plástico de la puerta de la panadería emitieron un sonido rasgado cuando se introdujo a través de ellas la mujer de Aceña. Su inmediato balanceo posterior obró cierto efecto hipnótico, roto por un nuevo impulso proveniente del interior. Como por arte de magia, se hizo ante mí la estampa de María seguida de la de Alonso.

–Tendréis que comprar un poco más para este humilde huésped que se ha colado en la celebración.

–¡Ireneeeeeeeeee! –corrió María dejando caer la hogaza que portaba–. ¡Pero qué haces aquí! Qué alegría más grande, por Dios.

–No tenía planes para hoy y he pensado que tal vez podría echar una mano con el menú.

Apeé el cuerpo del coche, algo entumecido por el rato quieto. El abrazo de Alonso fue intenso, largo y prieto. Me giró con brío y elevó ligeramente el frágil esqueleto que me sostiene. Apoyé la barbilla en su hombro y reí a placer. Apoyado en el taxi, Aceña rascaba su densa melena grisácea y mesaba su barba. Los ojos enrojecidos del hombre dejaron escapar una lágrima; sonreía con gozo. Le guiñé un ojo cómplice y me fue devuelto el gesto. Tomamos el equipaje y dimos por finalizado el recorrido. Mis dos amigos me apretaron tanto entre ellos que apenas podía respirar. No paraban de mostrar su sorpresa; me hicieron feliz. Por un instante, paseó por mi mente la escena de la noche anterior. Mi presencia en Soria cobraba un cariz muy distinto.

Dimos un garbeo durante el cual me arrojaron tantos datos y chanzas que no fui capaz de retener ninguno. Un bar, otro, el albergue. Luego la casa de la abuela de María y la de su amigo Enrique vistas desde lejos para no levantar sospecha (querían sorprender a ese señor también con mi llegada). Subimos por unas callejuelas y sustituimos el hormigón por una pista de zahorra. La nieve helada adornaba las casas y luego, más allá del pueblo, hacía lo propio con los árboles. Al fondo, arriba, una solemne montaña blanca presidía nuestros pasos y competía en beldad con el cielo infinito.

–Este lugar es muy bonito.

–Falta poco para llegar a nuestra cabaña. Te va a encantar. Terminaremos juntos de preparar el almuerzo y esperaremos a Enrique. Hoy le toca ser invitado. Un alma solitaria... hasta que se lo impedimos nosotros.

–Creo que soy capaz de identificar ese comportamiento vuestro... sí.

Un inusitada garra impulsó mis piernas cuesta arriba. Algunos terruños ralos inferían huertos cubiertos de nieve, aunque no los distinguía a ciencia cierta. En el cielo, la estela de un avión repartiría el destino de los pasajeros y los encontraría o los separaría de los suyos. Mi destino había recalado en un inhóspito lugar que me era completamente desconocido. Tardarían en encontrarme allí los míos, consideré satisfecha, embaucada de nuevo por la clandestinidad perdida hacía tanto.

Los árboles eran grandes y majestuosos. Sus ramas se inclinaban a nuestro paso y el peso de la nieve forzaba su reverencia. A la izquierda, recién vuelto un amable recodo en el camino, nos izamos hasta un portillo pulido, escoltado por una campanilla.

–Esta es nuestra casa, Irene. ¿Qué te parece?

–Es fantástica –respondí al cabo de unos segundos, absorta.

Solicité detenernos hasta recobrar el resuello perdido. La pradera yacía oculta bajo una límpida túnica blanca. A la izquierda, dos gallinas y un gallo asomaban curiosos los picos por entre una alambrada. Más arriba, la pila de leña en uso se apoyaba sobre la pared derecha de la casa. A la izquierda, el huerto aparecía más reconocible que los encontrados en el ascenso. Una pequeña senda dividía en dos la pradera y conducía a la casa de madera. Junto a la escalinata, una pala se clavaba en el montículo de nieve retirada del paso. La cabaña parecía una tarta con tejado de nata sobre capas de bizcocho y manteca. Nos acercamos despacio. El interior era sencillo y acogedor, de una sola pieza. Junto a la puerta de entrada, de bruces al enorme ventanal, una mesa de ébano sostenía un fajo de papeles descolocados. Barrunté que mi vida reposaba entre sus líneas; un simple tomo de papel blanco sobre fondo negro. El centro de la estancia, frente a la chimenea de la izquierda, estaba presidido por una cama ancha de aspecto mullido. Al fondo, dos puertas elevadas; una daba al desván según me fue explicado. La otra, entreabierta, dejaba asomar una bañera redonda y otro ventanal al Oeste. La de abajo debía ser el aseo, una vez eliminado el resto de posibilidades.

* * *

Acostumbrado a vestir durante años entre harapos y soledad en el pueblo, me iba habituando en los últimos tiempos, poco a poco, a lucir mi atuendo negro de media gala para ocasiones especiales. No era alegre en absoluto, pero sí todo de cuanto disponía. María me había prometido ayudarme a renovar el vestuario y en ello estábamos. Era Navidad y desperté contento. Medité, arreglé la casa, di un paseo, leí. Aún quedaba tiempo para el almuerzo y decidí darle una agradable sorpresa a mi amiga. Entré en el aseo, busqué tijeras y navaja, enjaboné por última vez mi querida barba blanca, y me dispuse a rasurarla. Sería mi regalo de Navidad. La cara asomó más enjuta de lo esperado bajo la piel débil sin curtir. Acaricié con el dedo índice, muy levemente, una y otra vez, las arrugas formadas en paralelo. El contento del alma pidió al cuerpo tomar el transistor del despacho y trasladarlo a casa de María para ambientar la sobremesa. También llevaría conmigo la botella de pacharán a medio uso y otra de anís sin estrenar.

Canturreé por el camino. Hice sonar la campanilla del portillo bajero para avisar de mi pronta presencia. Solía hacerlo cuando María habitaba sola la casa y con mayor motivo cuando Alonso la acompañaba. Dejé el casete en el suelo y casqué con los nudillos la madera. Me abrió María con una sonrisa de oreja a oreja.

–¡Pero Enrique! Si no pareces el mismo. Déjame que te de un beso como mandan los cánones, esta vez sin pincharme con la barba. Estás muy guapo. Gracias. Te voy a presentar.

»Irene; este es Enrique, el amigo del que te hemos hablado. Es casi un hermano. Enrique, aquí tienes a Irene, el ángel de la guarda de Alonso.

–Encantado.

–Igualmente, Enrique. Un placer. Por lo que parece, estos chicos se han emperrado en sacarnos de nuestras casillas y creo que lo están consiguiendo.

–Y tanto –respondí.

Alonso saludó desde el fondo de la sala. Había colocado una mesita auxiliar entre el hogar y las escaleras del jacuzzi y se afanaba con los preparativos. Me sentí vulnerable ante aquella señora de pelo gris y una prestancia inusual por aquellos lares. Poseía una sorda distinción que me convirtió en desvalido ante su planta.

Todos colaboramos en la adecuación del escaso espacio para cuatro comensales. Aparté la mesa de la ventana y salí a por dos tocones altos de leña que servirían a modo de asiento para Alonso y para mí. Las dos damas harían honor a las únicas sillas de la casa. Alonso dispuso en platos un puñado de percebes, unas gambas de buen aspecto, cigalas y nécoras. En una bandeja de mayor tamaño, terminaba de proveer al caparazón de un buey de mar con el aliño preciso. El chico, todo equilibrio y calma, mostraba una excitación inédita en él. La llegada de Irene por sorpresa incentivó su júbilo e hizo mella en el del resto.

–Estos chicos –bromeó Irene–, han elegido un menú adecuado para dentaduras jóvenes y fuertes como las nuestras, Enrique.

–En efecto. Están en todo. Un buen detalle por su parte…

–Aquí va el jamón y el vino para ir haciendo boca. Si no os veis capaces, ayudo a desmotarlo –respondió Alonso con sorna–. María, si puedes retirar la novela, por favor, vamos poniendo el mantel.

El banquete transcurrió divertido y ameno. Anécdotas de unos y otros se mezclaban con brindis y chanzas. Dimos buena cuenta de los manjares que Alonso había adquirido en Soria para la ocasión. Los profiteroles elegidos como postre resultaron idóneos acompañados con un poquito de pacharán. El sol fue dando de manos y sus rayos se rindieron pronto a la anochecida. Aún se distinguía la silueta de los árboles bajo la pradera. Entonces, María hizo silencio y, serena, alzó la mirada ceremoniosamente mientras colocaba la palma de su mano sobre el dorso de la de Alonso.

–Queridos amigos; esto que os digo no estaba previsto para hoy. Al menos no de esta forma. Tu inesperada visita, Irene, ha precipitado las cosas. Ambos habéis cambiado nuestras vidas; nos habéis hecho mejores. Gracias a vosotros hoy somos dos personas felices.

»Mi querido Enrique, con Irene por testigo, espero que puedas conceder el honor de desposarme aquí y ahora con Alonso, el hombre con quien deseo compartir el resto de mis días.

–No tengo a nadie mejor para ser mi madrina –añadió Alonso–. Sorpresa con sorpresa se paga, Irene.

La mirada cómplice de los novios ocupó el espacio. Unos instantes de silencio mantuvieron el estupor de la señora recién llegada y el mío propio.

–Pero yo no puedo ejercer el sacerdocio. A buen seguro habré sido excomulgado. Soy lo más parecido a un hereje bajo la capa del cielo.

–Deja en paz al cielo y baja a la tierra. Tengo entendido que en el sacramento del matrimonio, los ministros son los cónyuges. El sacerdote tan solo oficia. Vamos, que aquí quien manda somos nosotros. Preparadlo todo mientras me pongo guapa.

María se encerró en el aseo ante la gozosa perplejidad de Irene y la mía. A Alonso le bastaría con una chaqueta y una corbata que ella dejó al paso. Volvimos a empujar la mesa hasta la ventana para hacer espacio. Retiramos también la cama a una esquina. Atizamos la chimenea. María se aseguró desde dentro de que estábamos listos. A un lado, me escoltaba Irene. Al otro, algo adelantado y enfrentado al aseo, Alonso estaba prevenido.

Se abrió la puerta muy despacio y apareció un ángel en el cuerpo de una mujer. Un ligerísimo vestido blanco de gasa hasta los pies descalzos no requería de joyas ni de pócimas. Se adivinaba la bella figura alumbrada por las llamas a su derecha. La melena le caía sobre los hombros desnudos y dejaba a la vista su etéreo y delicado cuello. Los ojos quedaron fijos en su amado y sus pasos la aproximaron a él. Irene se situó tras ellos, a un lado de Alonso y ambos lo hicieron frente a mí. Traté de simular las partes de la eucaristía para la ocasión. Tenían listas unas monedas como arras y Alonso sacó dos anillos del bolso de la chaqueta cuando fue preceptivo. Dejé la improvisada homilía para el final, ya casados los novios:

–Mis queridos hermanos María y Alonso:

»Comprenderéis que esta pieza oratoria no pueda ser una más. Nuestros recuerdos en la voluntad de Dios son cercanos o son los mismos, de igual grado que nuestra emoción y nuestra plegaria, es común y es idéntica.

»Sentirse llamados al matrimonio no es sino atender al plan que Dios ha preparado para cada uno de nosotros. No hacerlo, cuando se siente, constituye una cobardía que se paga con dolor y desasosiego. El amor que ahora confesáis ante el universo que todo lo ve y todo lo crea, no debe atender tanto al alma como al cuerpo. Dejad que el cosmos se ocupe de vuestras almas y entregad vosotros el cuerpo sin mancillarlo, pero sin esconderlo. Vuestro cuerpo es cuanto Dios os ha entregado para mostrar que todo ha de ser compartido. Quien lo reserva con recato falta a los planes de Dios y hace sufrir a quien más amor le procura. El alma es solo Suya y solo Él la gobierna para vuestro gozo eterno.

»Mereced estar siempre unidos, pero permaneced atentos y dispuestos a abandonaros. Si uno de vosotros siente algún día que el otro ha de ser más feliz fuera de su regazo, debe ser generoso hasta el punto de dejarlo ir para siempre. El verdadero amor es para el otro, jamás para sí.

»Hace muchos, muchos años, conocí a la mujer más bonita del mundo. La amé tanto como cada instante lo hago cada día en soledad. Lloro pensando en sus ojos y en su larga melena de yegua negro azabache. Escucho su voz suave, su susurro en mi oído. Declamo el poema triste que salió de su pluma y ruego al cielo cada noche por ella. Esa mujer me dijo unas palabras que siempre han viajado conmigo y que deseo entregaros en prenda de mi amor por vosotros y como colofón a mi jaculatoria:

«El amor da paz a los hombres, calma a los mares...

Avanzó Irene al espacio central y los novios se hicieron a un lado. Elevó su voz trémula al cielo, y concluyó la frase iniciada por mí:

...silencio a los vientos, lecho y sueño a la inquietud».

–¡Rebelde! –exclamé fuera de mí, aturdido, confuso, extasiado.

–Perrero –sollozó Irene mientras caía de rodillas al suelo y elevaba la mirada a lo alto–. ¡Eres tú! Pero cómo es posible. No te había reconocido.

–Yo tampoco a ti, Irene. Han pasado tantos años...

María y Alonso, hechos a un lado, se abrazaban de costado mientras yo me agaché para asistir a Irene. La abracé una y otra vez. No podría calibrar el tiempo que pasamos mirándonos, apretándonos, secándonos las lágrimas que se fundían en las húmedas mejillas de ambos. Al fin, Alonso trató de restablecer la calma.

–Acabamos de recibir el mejor regalo de boda posible –expresó Alonso–. El cosmos lo tenía reservado. La esperanza que siempre albergasteis produjo sufrimiento para cambiarlo por la mayor felicidad que un ser humano puede sentir en el encuentro con el amor –añadió.

–¿Por qué no viniste a buscarme, bandido?

–Sí lo hice, Irene. Sí te busqué. A los pocos días de tu salida de La Herradura, me desplacé a Madrid. Encontré el cuartel donde vivías. Esperé en el portal cubierto con una gorrilla para no ser visto. El primer día no tuve suerte de encontrarme contigo. El segundo, al rato de mi llegada, se acercó un mozo con un sobre en la mano y se lo entregó al guardia de la puerta. Leyó tu nombre. La indiscreción de aquellos hombres les llevó a entreabrirlo. Contenía un abono de contrabarrera para la feria de San Isidro al completo. Te lo enviaba una tal Dolores, lo recuerdo como si fuera hoy.

–Mi amiga, la mujer del gobernador –añadió Irene.

–No sabía cómo hacerlo, pero quería estar a tu lado y presentarme de improviso. Un golpe de suerte, más o menos intencionado, me convirtió en mulillero. El primer día que te vi casi me desmayo. Parecías otra. Llegabas con chófer, vestida como una reina. Yo no podía ofrecerte nada. No te merecías al hijo de un matarife casi analfabeto. Una mañana, pedí a un compañero que te entregase un papel a la puerta de tu casa. Me iba, pero no quería que sufrieses por mí. Por quererte de verdad, preferí que me despechases a que no me dejases marchar. Deseaba tu felicidad sobre cualquier otra cosa. Ese día yo estaba detrás de unos setos. Fue la última vez que te vi. Regresé a casa y me puse a estudiar para cura con intención secreta de hacerme con posibles y unirme a ti para siempre. Me apresuré tanto como pude, adelanté varios cursos y volví a buscarte. Fue demasiado tarde, Irene. Te habías casado. Me debatí entonces entre tomar los hábitos o matarme.

–La homilía de esta tarde ha sido muy bonita, Enrique –confesó Irene, que no le había soltado la mano–. Me has dicho, sin saber que me encontraba ante ti, las cosas más bellas que jamás escuché de un hombre enamorado.

–De algo le habrá tenido que servir tanto estudio a tu perrero, digo yo.

–Pónme otro anís, Alonso, hoy no hace falta coñac en la copa, hoy todo claro y bien claro.

–Que sean dos, o cuatro –añadí–. Ya daremos lugar al té de roca cuando toque.

Reímos y bailamos al son del casete que parecía sonar distinto. *«Con la paz de las montañas, te amaré...»*, comenzaba una sonata y otra decía que *«Gira, el mundo gira, en el espacio infinito...»* y unas y otras devinieron parte de nuestra historia. Pedí permiso para dedicar una última a Irene y me fue concedido. La voz profunda de Leonard Cohen repitió una y otra vez el anhelo que acogió mi pecho durante casi todos mis días. Al son de *«Save the last dance for me»* mecí la cintura de Irene que bailó ese último baile conmigo, apoyadas suavemente sus manos sobre mis hombros, absorta la mirada, fundidas ambas almas para siempre.

* * *

Con los primeros reflejos del amanecer, aticé las ascuas y me arrebujé en el lecho conyugal, al socaire del cálido espacio ocupado por Alonso. Acaricié su antebrazo izquierdo, en duermevela. Callé entonces, como lo hice el día en que lo rocé suavemente en la duna en la que nos acercamos por vez primera. Pensativa, aquella noche en vela reconocí la obra del cosmos y quise plasmarla en mi novela. Recordé el día en que fui despedida y la generosidad de Enrique al darme asilo. Una mala noticia a criterio del mundo era la mejor que me habían dado aunque entonces no lo intuyese. Ese episodio de mi vida había sido necesario para comenzar a escribir y para descubrir mi *Dharma* y viajar al desierto hasta la llegada de Alonso. Este, por su parte, perdió a su padre y así conoció a Irene; lo sustituyó como chófer y viajó también al centro mismo de África donde le fue dado vivir su *Catarsis*. El encuentro entre nosotros se erigió, sin nadie saberlo, en condición necesaria para que Irene y Enrique recuperasen el destino que les había sido señalado y del que ambos huyeron un lejano día. Entendí aquella noche el consejo de Enrique para que leyese física cuántica aquel primer invierno helador en casa de mi abuela. La física de las posibilidades demuestra que el cosmos lo engendra todo porque todo lo contiene. Cobró entonces sentido la composición del universo por ínfimos *quaks y leptones*. Supe entonces que era cierto que el diminuto intercambio de *gluones y bosones* hacen del cosmos un lugar único y eterno. El encuentro de Irene y Enrique estaba contenido entre las infinitas posibilidades cósmicas. Porque era posible, la noche de Navidad se hizo real a nuestros ojos, miopes por norma común.

–¿Dónde piensas llevarme de luna de miel, escritora?

–A Irlanda. Hace años que deseo visitar la National Gallery. Allí reposa un cuadro dedicado a Hellelil y a Hildebrand. Frederic Burton representó el encuentro en una torre de la hija de un noble que se enamora de uno de sus guardianes. El padre ordena matarlo y este, malherido, ofrece su último beso al antebrazo de la dama que se gira compungida.

–Pareces no haber dormido. Tienes los pies como el hielo aunque reconozco tu mente en ebullición.

–Esta noche he terminado *Cosmos*, la novela de nosotros cuatro, escrita para el mundo.

–¡Qué buen momento has elegido para relatarme el final, María! Porque supongo que es lo que vas a hacer de inmediato... –se mofó Alonso.

* * *

Irene y Enrique abandonaron la cabaña bien entrada la noche. Él tomó el petate y ella descansó en el bastón las emociones y excesos del intenso día de Navidad. La luna llena enviaba su luz azulada a la nieve y aclaraba el camino. Un suave relincho los atrajo a una tapia tras la cual una preciosa yegua negra rozaba el dorso de un tordo corcel. Prosiguieron hasta la casa. Él empujó hacia atrás la puerta, como aquella otra de la barraca.

–No enciendas la luz, Enrique. Igual que en la cabaña.

–Creo que tengo por aquí un quinqué. Será bastante para no tropezar.

Prendió la mecha alojada en el vidrio esmerilado y lo tomó del asa. Subieron con cuidado. El chirrido de la escalera parecía más jubiloso. Se mecía el candil e iluminaba por tandas uno y otro lado de la pared del descansillo. Entraron en la alcoba y el aire helado luchó por preservar su intimidad. Pisaron descalzos la alfombra del cuarto. Temblaba ella aterida y buscó sentir el suave calor del cuerpo de Enrique. Observó al trasluz su nariz, ligeramente encorvada por el paso del tiempo. Acarició su pelo y penetró los largos dedos entre las sienes. Rozó él su piel suave con el calor de su mano y descubrió la misma barbilla de antaño y la esbeltez del delgado cuello de Irene. Se besaron con calma, lejano el ímpetu de juventud, recobrado el halo del amor primero. Sonó la ropa en la tarima y se enfundaron desnudos en el espesor del pesado cobertor. Las plantas de los pies de Irene supieron encontrar de nuevo el camino hasta los empeines de Enrique. Los labios ajados de él reconocieron los carnosos de ella, a resguardo del tiempo. Se amaron despaciosamente, tal y como pasaría la vida a partir de entonces.

Despertó Enrique al alba, regocijado por no haber soñado el sueño más bello. Arropó a Irene y se dirigió con cautela a la panadería. Adquirió el mejor surtido de bollería de la mañana. Se detuvo en el linar y tomó algunas plantas sin flor. Las puso en un jarrón con agua. Regresó raudo al hogar, calentó agua para el café, tomó una bandeja y ascendió al dormitorio. Irene apoyó los codos en la almohada y entregó un tierno beso a su amado.

–Te he preparado un buen desayuno. ¿Recuerdas qué día nos contempla?

El alma en paz de Irene sabía que era día veintiséis.

AGRADECIMIENTOS

Este libro inició sus días con el apoyo y el cariño de Antonio Domínguez. Fue mi suegro y nos dejó en el camino. Nada sería igual de no haber tenido el privilegio de conocerlo. Desde donde quiera que habites, Antonio, recibe mi más sincero agradecimiento. No es sencillo olvidarte, así que no lo haré.

Nada de cuanto hago sería posible sin el apoyo incondicional de Ana, Pablo, Jaime y Alfonso. Disfrutar de una familia como la que me entregó el destino es un privilegio y no puedo por menos que reconocerlo. Mis padres y mi hermana son también, de un modo distinto, presencia constante en cuanto hago. Gracias. Son más los seres queridos que me acompañan; sentíos todos admirados y queridos por igual.

Me siento afortunado por poder comenzar cada obra con el apoyo incondicional y a priori de Marta Prieto Asirón. Más que mi editora es una amiga fiel que, además, respeta que no le cuente más que ligeros esbozos de lo que hago hasta no haber concluido la tarea. Así fue y así debe saberse.

Marisa Domínguez hizo de *Cosmos* una novela mejor. Antonio Reina me acercó a su querida Granada con la ayuda inestimable de Ascensión Reina y Emilio Teodoro. Fue mucho más sencillo escribir con el aroma de su tierra a mi vera. Carmen y Virgilio Tierno, y Jesús San Miguel respondieron hasta la saciedad a cada detalle sobre el pueblo que sirve a esta obra. Consuelo Gismera hizo lo propio con parte de su patria chica. José María Baviano me ilustró sobre el mundo del toro bravo. Gracias a todos y gracias a los incontables paisanos cuyos nombres he utilizado para ambientar la historia de la que, de una forma u otra, forman parte.

La Cátedra de Ética Económica y Empresarial de la Universidad Pontificia Comillas, con su director, el profesor José Luis Fernández Fernández a la cabeza, me abrieron sus puertas de par en par y apoyaron esta obra con generosidad. Gracias, maestro.

Querido lector, allá donde te encuentres, das sentido a cuanto hago. Espero que *Cosmos* pueda constituir un motivo para encontrarte a ti mismo. Mi labor ha concluido y solo queda entregarte las palabras que un día fueron mías para que con ellas puedas evocar, tal vez, la propia historia de tu vida.

A todos y a cuantos haya podido dejar en involuntario olvido, gracias.

KOLIMA
BOOKS

www.ingramcontent.com/pod-product-compliance
Lightning Source LLC
LaVergne TN
LVHW010430230826
846092LV00009BA/1105
9788416994465